Christian Mörken

Das weiße Z
und ein Schloss voller Lügen

Christian Mörken

Das weiße Z

und ein Schloss voller Lügen

SCM
Kläxbox

SCM

Stiftung Christliche Medien

Der SCM-Verlag ist eine Gesellschaft der Stiftung Christliche Medien, einer gemeinnützigen Stiftung, die sich für die Förderung und Verbreitung christlicher Bücher, Zeitschriften, Filme und Musik einsetzt.

FSC
www.fsc.org
MIX
Papier aus verantwortungsvollen Quellen
FSC® C006701

Bodenborn 43 | 58452 Witten
Internet: www.scmedien.de | E-Mail: info@scm-klaexbox.de

Umschlaggestaltung und Illustrationen: Dietmar Reichert, Dormagen
Satz: Katrin Schäder, Velbert
Druck und Bindung: CPI books GmbH, Leck
Gedruckt in Deutschland
ISBN 978-3-417-28660-1
Bestell-Nr. 228.660

Inhalt

1. Der Fremde im Garten

Da war er wieder, der Mann, den Zorro nicht kannte. Und dennoch kam er ihm so bekannt vor. Er hockte gebückt hinter dem großen Rhododendron, die Schiebermütze tief in die Stirn gezogen. Was machte er da? Zorro erhob sich von seinem Stuhl und beugte sich über den Schreibtisch, um besser sehen zu können. Der Mann hockte auf dem Boden, halb verdeckt von den Blättern, und schien sich nicht zu rühren. Die Blickrichtung des Mannes schien in Richtung Schloss zu gehen. Zorro versuchte zu erkennen, was genau der Mann eigentlich beobachtete, aber es gelang ihm nicht.

Was gab es dort wohl zu sehen, fragte Zorro sich und beugte sich noch ein Stückchen weiter nach vorn. Es war die Westseite des Schlosses. Dort befand sich laut Zorros Erinnerung nichts Besonderes. Es gab eine Holztür, die in den Keller führte, und ein Erkerfenster im zweiten Stock. Sonst nichts. Vielleicht interessierte sich der Mann aber auch gar nicht für das Schloss. Gut möglich, dass er einer dieser Vogelbeobachter war, der mit Mikrofon und Aufnahmegerät Vogelstimmen einfangen wollte. Zorro meinte, sich daran zu erinnern, dass er irgendwo unter dem Dach ein Schwalbennest gesehen hatte. Vielleicht hatte der Mann einfach Spaß daran, den Vögeln bei der Suche nach Nahrung zuzusehen? Was für ein blödes Hobby, dachte Zorro. Aber Spinner gab es schließlich genug in Dösterfelde. Das hatte Zorro in den vierzehn Tagen, die er nun hier war, schon herausgefunden.

Zorro ließ sich wieder in seinen Schreibtischstuhl zurückfallen. Er schob das Baseball-Cap leicht zur Seite, zupfte die Baggy Pants zurecht und seufzte. Dann legte er den Kopf in den Nacken. Sein Blick blieb an der Zimmerdecke haften. Sie war mindestens vier Meter hoch und mit Stuck verziert. In der Mitte hing ein Kronleuchter aus Kristall, der das weiß gestrichene Zimmer hell erleuchtete. Eigentlich ein ganz cooler Raum, fand Zorro. Die Akustik war zumindest außerordentlich gut. Das hatte er schon beim Aufbauen der Plattenspieler bemerkt. Die Bässe waren fett gewesen, nur der knarrende Holzfußboden hatte gestört. Um Musik zu hören, wären solche Räume gut, aber nicht um hier neue Songs aufzunehmen. Aber dafür würde ihm noch eine Lösung einfallen.

Der Raum war bestimmt dreißig Quadratmeter groß, wenn nicht größer, und hatte sogar einen eigenen Balkon. Von dort konnte Zorro auf den riesigen Garten hinter dem Haus blicken. Genau in diesem Garten hatte Zorro den Mann zum ersten Mal gesehen. Es war vor zwei oder drei Tagen gewesen. Zunächst hatte Zorro gedacht, dass es der Gärtner sei, obwohl der Mann gar keine Arbeitskleidung trug. Vielleicht hatte der Vorbesitzer des Schlosses ja vergessen, dem Gärtner zu kündigen? Zorro war daraufhin in den Garten gelaufen. Doch als er den Platz erreichte, wo der Fremde gesessen hatte, war dieser bereits spurlos verschwunden. Dort, wo er gehockt hatte, war nichts als niedergedrücktes Gras gewesen. Vielleicht war es jemand aus dem Dorf, hatte Zorro schließlich überlegt. Jemand, der wissen wollte, wer nun in dem Schloss wohnte und es vorzog, sich im Garten zu verstecken, als einfach vorn an der Tür zu klingeln. Und genau: Spinner gab es immerhin genug in Dösterfelde.

Dann erhob sich Zorro wieder und beugte sich über den Schreibtisch, um den Mann besser sehen zu können. Er hockte noch immer dort, so, als hätte er sich in den letzten Minuten kein Stück bewegt. Auf einmal hob der Mann seinen Kopf. Zorro zuckte zurück und wäre beinahe über den Schreibtischstuhl gefallen. Hatte der Mann bemerkt, dass er ihn beobachtete? Kurz entschlossen griff Zorro nach seiner Jacke und lief aus dem Zimmer. Mit großen Schritten eilte er über die Galerie, an deren Wänden schwere, düstere Ölgemälde hingen, und nahm die große Freitreppe mit vier großen Sprüngen. Seine Turnschuhe machten quietschende Geräusche, als er über den Marmorboden der Empfangshalle lief. Dann umfassten seine Hände den Messingknauf der Eingangstür. Mit einem kräftigen Ruck öffnete er die schwere Eichentür und schlüpfte hinaus. Draußen hechtete er über die Kieseinfahrt und dann über den Rasen. Als er sich der Stelle näherte, wo der Mann hockte, verlangsamte Zorro seine Schritte. Er duckte sich leicht und schlich vorsichtig weiter. Dann hielt er plötzlich inne. Der Mann war noch gut dreißig Meter von Zorro entfernt. Es schien, als hätte er Zorro noch nicht bemerkt. Der Mann hatte dunkle Locken und einen ebenso dunklen Vollbart. Seine kleinen Augen schienen fast gänzlich unter den buschigen Augenbrauen zu verschwinden. Er trug einen hellen Mantel und braune Lederhandschuhe. Und dann sah Zorro es. Um den Hals hing eine Kamera und er hatte eine Art Funkgerät dabei. Eines stand fest: Gärtner war dieser Mann nicht und auch kein Vogelbeobachter. Aber was wollte er dann hier? Zorro kroch ein wenig näher. Der Mann blickte auf sein Funkgerät, sprach etwas hinein und sah dann wieder auf das Schloss. Zorro folgte seinem Blick. Und dann sah er es. Aus dem Erkerfenster im zweiten Stock leuchtete etwas auf. Ein Signal? Zorro erstarrte. Jemand im Schloss hatte dem Mann ein Zeichen gegeben. Es hatte wie ein Morsecode ausgesehen. Gebannt blickte Zorro auf das Erkerfenster. Aber es kamen keine Lichtzeichen mehr. Wie viele waren es gewesen? Drei oder vier oder noch mehr? Zorro versuchte, sich zu erinnern, aber er konnte sich die Reihenfolge und auch die Länge der Lichtsignale nicht mehr ins Gedächtnis rufen. Dann sah Zorro wieder in die Richtung, wo der Mann saß, und erschrak. Der Mann war verschwunden. Aufgeregt blickte Zorro nach rechts und nach links, aber – nichts. Der Mann war verschwunden. Zorro richtete sich auf und schaute über den Rhododendron-Busch und da sah er das Auto. Es fuhr kaum hundert Meter von Zorro entfernt über die schmale Kopfsteinpflasterallee in Richtung Dorf. Der Mann musste es gleich hinter den drei Eichen geparkt haben, die östlich des Schlossgartens standen. Zorro versuchte, das Nummernschild des Wagens zu erkennen, aber es gelang ihm nicht. Der Wagen war bereits zu weit weg. Dann drehte Zorro sich um und schaute hoch zum Erkerfenster. Und was er dort sah, ließ ihm das Blut in den Adern gefrieren. Aus dem Fenster kamen wieder Lichtsignale. Wer konnte das sein? Und für wen waren die Signale gedacht? Etwa für den Mann? Hatte ihn jemand gewarnt?

Noch während Zorro der letzte Gedanke durch den Kopf ging, hechtete er bereits zum Schloss zurück. Seine Turnschuhe quietschten durch die Eingangshalle, als er über den Marmorboden lief, um dann die knarrende Holztreppe hinaufzurennen. Es hatte keine dreißig Sekunden gedauert, bis Zorro das Erkerfenster erreichte. Und doch war er zu spät. Es war niemand mehr da. Eilig sah er sich um, ob er seine Mutter oder seinen Vater erblickte, aber sie waren nicht in der Nähe. Dann fiel sein Blick aus dem Fenster in den Garten. Links vom Rhododendron, wo er eben noch den Mann beobachtet hatte, lag der kleine Gartenteich mit den Seerosen. Am Ufer des Teichs befand sich ein Holzsteg und dort saß gerade seine Schwester Tessi. Sie hatte wie immer ihren Laptop auf dem Schoß. Ein Gedanke schoss Zorro durch den Kopf und er rannte erneut die Freitreppe hinunter, durch die Halle und in den Garten. Mittlerweile schmerzte seine Lunge und er war völlig außer Atem. Hechelnd kam er bei Tessi an. Er spürte den Schweiß und wischte sich eilig mit dem Handrücken über die Stirn.

„Bruderherz“, sagte Tessi so herzlich, dass Zorro auf der Stelle merkte, dass es nicht ernst gemeint war. „Wofür trainierst du heute? Den Marathon für Couch Potatoes[1]? 42,19 Meter ohne Pause?“

---

1 Couch Potato = Menschen, die gerne faulenzen und einfach auf dem Sofa abhängen.

„Sehr witzig“, erwiderte Zorro, musste aber dennoch grinsen. Er mochte den Humor seiner kleinen Schwester, besonders, wenn es etwas mit Sport oder Laufen zu tun hatte, denn Tessi saß im Rollstuhl. Sie war von Geburt an gelähmt. Von den Knien abwärts gehorchten ihre Beine ihr nicht. Wie es aussah, würde sie nie laufen können.

Tessi hatte ihre blonden Locken zu einem Pferdeschwanz gebunden und trug dazu eine Baskenmütze. Über die Schultern hatte sie sich eine Wolljacke gelegt und auch ihre Beine steckten unter einer dicken Wolldecke. Sie lächelte. Zorro setzte sich auf den Stuhl neben Tessi und sah seine kleine Schwester an. Gut, Tessi war nur ein Jahr jünger als er. Doch für Zorro war sie immer noch seine kleine Schwester, die es nicht so leicht hatte wie er. Er bewunderte ihren Mut und ihre Fähigkeit, die Dinge immer positiv zu sehen. Zwar hatte sie als kleines Kind häufig Wutanfälle bekommen, weil sie nicht laufen konnte, aber seitdem sie allein im Rollstuhl saß, hatte sie sich mit der Situation abgefunden. Nein, das stimmte nicht ganz. Sie hatte Zorro sogar manches Mal gezeigt, wie cool es war, wenn man richtig gut Rolli fahren konnte. Zu seinem siebten Geburtstag hatte Zorro sich dann selbst einen Rollstuhl gewünscht. Seine Eltern waren zuerst irritiert, aber dann verstanden sie – und fanden die Idee toll. So konnten Tessi und er gemeinsam Rennen durch die Wohnung oder den Park veranstalten. Manche Passanten schauten Zorros und Tessis Eltern dann bedauernd an und murmelten etwas wie: „Ach wie tragisch, beide Kinder im Rollstuhl.“ Doch Tessi und er lachten nur und setzten ihr Rennen fort. Wobei Tessi fast immer gewann.

„Und, was gibt's, großer Bruder?", fragte Tessi und klappte ihren Laptop zu.

„Ist dir vorhin nichts aufgefallen? Ich meine, der Mann?", fragte Zorro.

„Welcher Mann?", fragte seine Schwester zurück und sah Zorro an, als glaubte sie, er hätte Wahnvorstellungen.

„Der da im Gebüsch gesessen hat, dort hinten beim Rhododendron", erklärte Zorro und deutete auf den Busch.

„Nein, ich habe nichts gesehen", meinte Tessi. „Vielleicht der Gärtner?"

Zorro erzählte Tessi, dass er das zunächst auch geglaubt habe, dass der Mann aber mit Sicherheit kein Gärtner gewesen sei. Dann berichtete er ihr von den Lichtzeichen, die er bemerkt hatte und die aus dem Erkerfenster an der Westseite des Schlosses kamen. Tessi blickte ihn zweifelnd an.

„Du meinst, jemand hat dem Mann Lichtzeichen gegeben?", fragte sie und tiefe Falten zogen sich über ihre Stirn.

„Ja, wem sonst?"

„Es könnten doch auch Reflexionen gewesen sein?", vermutete Tessi. „Sonnenlicht, das auf die Scheiben gefallen ist und reflektiert wurde?"

„Nein, nein", wehrte Zorro ab. „Zudem ist es gerade elf Uhr vormittags. Die Sonne steht noch im Osten."

„Ein schlaues Brüderlein habe ich da", scherzte Tessi und grinste. „Also keine Sonne."

„Und du hast wirklich nichts gesehen?", fragte Zorro erneut.

„Nein, tut mir leid. Ich versuche gerade, die CIB zu hacken“, sagte Tessi und verzog den Mund. „Ist nicht leicht, wirklich nicht leicht.“

Zorros Mund stand sperrangelweit offen. Dann fing er sich wieder und stotterte: „Du … du, machst was? Du hackst die CIA?“

„Nein, die CIB!“, wiederholte Tessi energisch. „Das ist ein Spiel! Okay, zugegeben, nicht so ein dämliches Spiel, bei dem man Burgen aufbauen muss, um dann mit seinen Armeen Nachbarländer zu erobern, oder alberne Aliens abwehren soll. Nein, CIB, das heißt ‚Computer & Internet Break-in‘, also Computer und Internet …“

„Einbruch, ich weiß“, beendete Zorro den Satz. „Seltsames Spiel.“

„Super Spiel!“, entgegnete Tessi. „Dabei lernt man wenigstens, wie man Viren programmiert oder Firewalls überwindet.“

„Bereitest du dich etwa auf eine Karriere als Superverbrecherin vor?“, fragte Zorro spöttisch.

„Nein, aber vielleicht als Polizistin. Immer mehr Verbrechen passieren heute schließlich im Internet. Da braucht die Polizei dringend Leute, die wissen, wie man den Dieben dort das Handwerk legen kann.“

„Na gut. Solange du darüber nicht vergisst, dass es auch wichtig ist, Eindringlinge zu entdecken, die sich in Rhododendronbüschen verstecken …“

„Ich werde meine Augen offen halten, Detektiv Zorro“, versicherte Tessi und lächelte.

„Oh nein!“, entfuhr es Zorro plötzlich.

„Was ist denn?“, fragte Tessi und blickte an Zorro vorbei. Dann entfuhr auch ihr ein: „Oh nein!“

Die beiden sahen ihre Mutter, die über den Kiesweg auf sie zukam. Doch was Zorro und Tessi irritierte, war nicht ihre Mutter. Sie trug wie immer ein Kostüm mit Seidenschal und hatte ihre Haare hochgesteckt. Sie sah wie eine Geschäftsfrau aus. Aber die Frau, die hinter ihr herlief, machte Zorro und Tessi unruhig. Sie war zierlich, mittelgroß, hatte braunes schulterlanges Haar und buschige Augenbrauen. Sie trug einen dunklen Rollkragenpullover, einen dunkelblauen Faltenrock, der ihr bis zu den Waden reichte, und Sandalen. Über der Schulter trug sie eine schwarze Handtasche.

„Wer ist das?“, fragte Tessi und schaute besorgt drein.

„Ich hoffe, niemand, den Mama als Kindermädchen für uns anstellen möchte“, sagte Zorro und verschluckte die letzten Worte beinahe, denn seine Mutter und die fremde Frau hatten sie mittlerweile erreicht.

Die Mundwinkel der Frau zeigten so deutlich nach unten, dass sie den Anschein machten, als würden sie bis zum Boden reichen.

„Ja, also da wären wir, Frau …“

„Linde“, sagte die fremde Frau leise.

„Genau, Frau Linde“, wiederholte ihre Mutter. „Also das sind meine Kinder. Mein Erstgeborener …“

„Zorro, hallo!“, fiel Zorro seiner Mutter ins Wort und reichte der Frau die Hand. Seine Mutter lachte kurz auf.

„Ja, so nennt er sich gern selbst, aber in Wirklichkeit heißt er natürlich Sigismund Ottokar Engelhardt Dietrich Balduin von Frangenberg." Seine Mutter hatte dabei diesen Stolz in der Stimme, der immer durchklang, wenn sie seinen Namen nannte. Sie sah Frau Linde an, als erwartete sie eine Geste der Anerkennung für diese außergewöhnliche Namensgebung. Doch Frau Linde reagierte nicht. Zorro war beruhigt. Ihm war es jedes Mal unendlich peinlich, wenn jemand seinen echten Namen erfuhr – besser gesagt: seine echten Namen. Doch dieses Mal brauchte er sich nicht lange zu schämen, denn seine Mutter fuhr unmittelbar mit Tessi fort:

„Und das ist meine Tochter Therese Amalie Dorothea Walburga Kunigunde von Frangenberg."

Tessi lächelte die fremde Frau an. Ihr Lächeln hätte dabei nicht aufgesetzter sein können. Frau Linde hingegen blieb ernst. Ein kurzes Nicken von ihr deutete eine Begrüßung an.

„Jaaaaa", sagte ihre Mutter gedehnt und rieb sich dabei die Hände. „Also, ich denke, dass ich die freudige Nachricht nun verkünden kann."

Bitte lass sie nicht unser Kindermädchen sein, bitte lass sie nicht unser Kindermädchen sein, bitte lass sie nicht unser Kindermädchen sein, dachte Zorro, während er nach außen ein strahlendes Lächeln aufsetzte.

„Frau Linde wird zu uns auf das Schloss ziehen!", sagte seine Mutter und sah erfreut vom einen zum anderen. Als die gewünschte Reaktion ausblieb, ergänzte sie: „Ja, also Frau Linde ist dann ab jetzt jeden Tag bei uns. Sie wird mir helfen, das Schloss zu unterhalten und sie wird sich auch ganz besonders um euch kümmern."

„Schön“, war alles, wozu Tessi sich durchringen konnte. Und Zorro kam gar nichts über die Lippen. Die Vorstellung, Frau Linde nun jeden Tag im Schloss begegnen zu müssen, erfüllte ihn mit einem tiefen Unwohlsein.

2. Umzug nach Dösterfelde

Zorros Unwohlsein im Zusammenhang mit Frau Linde wurde nur noch von dem Unwohlsein übertroffen, das Zorro bei dem Gedanken daran empfand, dass er ab morgen hier zur Schule gehen musste. Die Sommerferien waren vorbei und nun hieß es, mit dem Schulbus die fünfzehn Kilometer bis zum Gymnasium in Bad Trekelsingen fahren zu müssen. In Hamburg war er noch mit der U-Bahn zur Schule gefahren. An der Station Kellinghusenstraße waren seine Freunde zugestiegen. Jeder hatte seinen MP3-Player dabei. Sie tauschten die besten Titel und hörten in die neuesten Mixe des jeweils anderen hinein. Hamburg, das war eine richtige Musikstadt. Hier gab es Weltklasse-Studios, Plattenfirmen und eine echte Chance, später mal entdeckt zu werden. Und davon träumte Zorro. Musik war sein Leben, besonders Hip-Hop. „MC Zorro Live" – das würde bald über dem Stadion im Hamburger Volkspark stehen. Auch davon träumte er. Er würde einen erstklassigen Sportwagen fahren, in die besten Restaurants der Stadt gehen, mit Schauspielern und Rockstars befreundet sein. Seinen Urlaub würde er natürlich in der Karibik auf der eigenen Yacht verbringen. Für Zorro schien all das zum Greifen nah.

Bis seine Mutter seinerzeit mit dem Plan herausrückte, dass die Familie aufs Land ziehen würde. „Aufs Land!", entfuhr es Zorro. Sein Entsetzen hätte nicht größer sein können.

Etwa *das* Land mit Kühen, Bauern, Jauche, Wäldern, Fischteichen und Trachten? Das wäre sein Ende, dachte Zorro. Welcher MC kam denn schon vom Land? Hip-Hop-Stars kamen aus Detroit, Chicago oder New York und in Deutschland eben aus Hamburg, Berlin oder Stuttgart. Aber Dösterfelde!? Aus Dörfern kamen Schützenkönige und Wein-, Käse-, Honig- oder Apfelköniginnen. Aber weltbekannte Hip-Hopper? Fehlanzeige. Nein, dieser Umzug aufs Land würde seine Biografie ruinieren. In den folgenden Wochen setzte Zorro alles daran, seine Mutter davon zu überzeugen, dass es für ihn absolut unmöglich sein würde, mitzukommen. Doch seine Mutter ließ sich nicht erweichen.

„Onkel Ludwig hat uns den Tipp gegeben“, erklärte sie. „Er sagte, dass es ein wunderbares Schloss sei. Idyllisch gelegen ...“

„Ja, das sagt man so, wenn man meint, *irgendwo in der Pampa“,* fiel Zorro seiner Mutter ins Wort.

„Quatsch“, erwiderte sie leicht amüsiert. „Onkel Ludwig meinte, dass es ein wahres Juwel sei, zwischen Bad Trekelsingen und Oschenhausen gelegen ...“

„Gleich hinter den sieben Bergen, bei den sieben Zwergen ...“

„Es stammt aus dem 16. Jahrhundert und die Barone zu Döster-Waldberten haben dort gelebt.“

„Waren die mit Graf Zahl verwandt ... hahahaha ... zwei ... hahahaha?“, imitierte Zorro die Figur aus der Sesamstraße und fing sich so einen tadelnden Blick seiner Mutter ein.

„Ich sehe, du bist absolut nicht bereit, mir zuzuhören“, sagte sie und verließ die Küche.

„Doch, doch …", rief Zorro ihr nach und seine Mutter kam wieder zurück.

„Onkel Ludwig hat gesagt, dass es traumhaft ist. Es ist gerade frisch renoviert worden und bietet alles, was man sich nur wünschen kann. Dein Vater sucht ohnehin gerade nach einer größeren Immobilie. Sein Finanzberater hat ihm nämlich geraten, Geld in Immobilien zu investieren."

„Aber es muss doch nicht gleich ein Schloss sein", entgegnete Zorro.

„Warum denn nicht? Dein Vater hat nun mal das Geld, und Immobilien sind eine gute Investition. Aus so einem Schloss kann man schließlich einiges machen. Zudem gibt es genug Zimmer, sodass ihr alle euren Hobbys nachgehen könnt."

„Und der Tipp kam von Onkel Ludwig?", fragte Zorro skeptisch. Sein Onkel Ludwig war nämlich das schwarze Schaf der Familie. Er war der älteste Sohn und damit Stammhalter der Familie. Doch anders als es für die Männer derer von Frangenberg üblich war, hatte Ludwig nicht an einer bekannten Universität in England studiert. Er verkaufte stattdessen alle seine Sachen und war mit Rucksack und Motorrad um die Welt gereist. Ein Lebensstil, den Zorros Oma überhaupt nicht gutheißen konnte. Das ziemte sich nicht. So übernahm Zorros Vater die Führung der Familie und der Geschäfte. Später kam Ludwig mit einer Reihe von ziemlich zwielichtigen Typen zusammen. In der Familie raunte man etwas über Verbrechen und Diebstähle. Doch bevor Zorros Vater etwas unternehmen konnte, war Onkel Ludwig bereits verschwunden. Die Familie hatte keine Ahnung, wo er steckte. Es vergingen Jahre, bis er sich vor wenigen Monaten plötzlich aus Brasilien zurückmeldete. Er sagte, dass er dort in São Paulo lebte und glücklich sei. Dort hätte er angefangen, mit Immobilien zu handeln und sei dabei ganz zufällig auf das Schlösschen in Deutschland gestoßen. Während Zorros Vater zunächst skeptisch war, konnte seine Mutter ihre Begeisterung kaum verbergen. Und das war Zorro nicht entgangen. Deshalb musste er nun alles tun, was er konnte, um einen Umzug zu verhindern.

„Nun sieh es dir doch erst einmal an", hatte sie gesagt und die Diskussion damit beendet. So machten sie es dann auch.

Zwei Wochen später war es dann so weit. Zorros Vater saß still am Steuer und sagte die ganze Fahrt über kein Wort, während Zorros Mutter bereits kurz hinter Hamburg anfing, die zahllosen Vorteile eines Umzuges aufzuzählen. Dabei kam sie immer wieder auf Bücher zu sprechen und wie viel Platz das Schlösschen dafür bot. Zorro erkannte die Berechnung seiner Mutter sofort. Zorros Vater war nämlich Verleger. Seine Familie hatte vor über hundert Jahren einen Verlag gegründet und Zorros Vater führte diesen fort. Er liebte diese Arbeit. Er liebte Bücher. Ja, er lebte völlig in der Welt der Bücher. Oftmals brachte sein Vater sogar Realität und Fiktion durcheinander. Dann begann er zum Beispiel zu erzählen, dass die Nachbarin Frau Kose, die sich am Mittag eine Zwiebel geborgt hatte, bei der Rückkehr in ihre Wohnung auf einen Drachen und einen Zwerg gestoßen wäre. Die Nachbarin hätte ihm erzählt, dass sie das Königreich Avatarien befreien müsse, das vom schrecklichen Gorgan besetzt sei.

Zorro und seine Schwester fanden die Geschichte sehr lustig. Sich vorzustellen, wie die 86-jährige Frau Klose, die sie sonst nur mit ihrem Rollator im Treppenhaus antrafen, auf einem Drachen ritt, um einen bösen Herrscher zu bekämpfen. Aber seine Mutter hatte nur mit den Augen gerollt, ihrem Mann auf den Unterarm geklopft und gesagt: „Johann, ich glaube, du bringst da etwas durcheinander." Nur das schelmische Lächeln seiner Augen verriet Zorro und seiner Schwester, dass ihr Vater seine Mutter nur auf den Arm nehmen wollte.

Obwohl Johann von Frangenberg von Geburt an vermögend war, trug er zumeist ausgebeulte Jacketts und schlabbrige Kordhosen. Seine schwarzen Haare standen wild in alle Richtungen ab und sein buschiger Vollbart schien jedes Jahr mehr von seinem Gesicht zu verdecken. Nur die kleinen, wachen Augen hinter der klobigen Brille verrieten, dass Zorros Vater sehr wohl alles genau mitbekam, was um ihn herum geschah. Er machte sich bloß nichts aus seinem Namen und seinem Vermögen. Nur für seltene und ältere Bücher gab er gern Geld aus. Alles andere interessierte ihn nicht. Die meiste Zeit verbrachte Johann von Frangenberg ohnehin in seinem Arbeitszimmer. Und da sah ihn ja niemand. Warum also sollte er sich sonderlich Gedanken um sein Äußeres machen?

In seinem Arbeitszimmer stapelten sich die Bücher bis unter die Decke. Zorro erinnerte sich noch gut daran, wie er als kleiner Junge zum ersten Mal in das Arbeitszimmer seines Vaters gekommen war. Fasziniert hatte er auf die unzähligen Bücher geblickt. Sie waren ihm vorgekommen wie ein gewaltiger chinesischer Drache aus Papier, der sich vom Schreibtisch über die Regale und den Fußboden wandte und jeden Winkel des Zimmers ausfüllte. Überall lagen und steckten Bücher. Auf jeder noch so kleinen Fläche türmten sich die Stapel und begannen jedes Mal zu wanken, sobald jemand das Zimmer betrat. Selbst aus den kleinsten Ritzen ragten noch einzelne Seiten ungezählter Manuskripte. Manche frisch und hell weiß, manche schon stark vergilbt, sodass man die Notizen nur noch schwach erkennen konnte. Der ganze Raum roch nach Papier, Holz und Staub. Irgendwo hinter diesem Gebirge aus Büchern und Manuskripten hatte sein Vater an seinem alten Schreibtisch gesessen. Die Brille auf der Nasenspitze, die Haare wirr in alle Richtungen abstehend, und die Ellenbogen aufgestützt. Hinter jedem Ohr steckte jeweils ein Bleistift. Der gelbe Lichtkegel der antiken Schreibtischlampe war meist die einzige Lichtquelle in dem Raum, sodass die Bücher am Abend begannen, gespenstische Schatten an die Wände zu werfen. Manchmal hatte Zorro sich in das Zimmer seines Vaters geschlichen und sich ruhig auf den Boden gelegt. Dann hatte er beobachtet, wie die Schatten der Bücher sich vom Nachmittag bis zum Abend veränderten. Meistens war er dabei eingeschlafen, bis seine Mutter hysterisch durch die Wohnung lief, um nach ihm zu suchen. Wenn sie ihn dann im Arbeitszimmer seines Vaters gefunden hatte, warf sie seinem Vater einen vorwurfsvollen Blick zu. Sie verstand es nicht, dass man sich so sehr in ein Buch vertiefen konnte, dass man es nicht einmal bemerkte, dass der eigene Sohn ins Zimmer kam. Aber noch mehr störte sie das Chaos in dem Arbeitszimmer. Nun hoffte sie, dass in dem Schlösschen genug Platz wäre, um all die wild herumliegenden Bücher ordentlich einzuräumen. Zorro wusste nur zu gut, wie sehr seine Mutter darunter litt, dass sein Vater sich nichts aus seiner Herkunft machte. Gelegentlich hatten sie in Hamburg Einladungen zu Golfturnieren oder Segelregatten bekommen, an denen andere Adelige teilnahmen. Zorros Vater hatte darüber nur die Nase gerümpft und gemurrt: „Was soll ich denn da? Mir vielleicht ansehen, wie Sieglinde von Pundel-Achersleben versucht, ihren Sohn zu verheiraten? Oder mich mit Baron Gerhard von Fageshoven über sein Golfspiel unterhalten?"

„Ach, Johann", hatte seine Mutter dann gesagt. „Lass uns doch nur einmal dorthin gehen." Aber Zorros Vater hatte abgewinkt und war wieder in sein Arbeitszimmer verschwunden. Nur einmal war er mit Zorros Mutter zu einem Wohltätigkeitsball ins Rathaus gegangen, zu dem Gräfin Christiane Rosalinde von Schwüschenbek-Dievenitz geladen hatte. Doch schon nach wenigen Minuten hatte Zorros Vater den Ball entnervt verlassen, als er erfahren hatte, dass es bei dem Wohltätigkeitsball keineswegs um hungernde Kinder, sondern um die notleidende Chihuahua-Zucht der Gräfin selbst ging. Danach kamen nur noch wenige Einladungen zu solchen Festen.

Wenn man also schon nicht zu anderen Adeligen eingeladen wurde, dann wollte Zorros Mutter wenigstens in einem richtigen Schloss leben – das glaubte Zorro zumindest.

Nach vier Stunden hatten sie Dösterfelde erreicht. Zorro war immer tiefer in seinen Sitz gesunken und hatte sich sein Cap tief in die Stirn gezogen. Das konnte nicht der Ernst seiner Eltern sein. Das hier war tiefste Provinz. Flach, grau, flach, grau – soweit das Auge sehen konnte. Sie fuhren die kleine Dorfstraße entlang, vorbei am Tante-Emma-Laden an der Sparkasse, dem Schlachter und einem Schreibwarenladen. „Sieh doch mal, Johann", hatte seine Mutter begeistert ausgerufen. „Dort kannst du dann immer deine Ordner kaufen."

Wenn ein Schreibwarenladen das Highlight des Ortes war – dann gute Nacht, dachte Zorro und sank noch tiefer in seinen Sitz. Tessi hingegen blickte neugierig und durchaus interessiert aus dem Fenster. Sie war es am Ende auch, die Zorros Widerstand gegen einen Umzug zeitweise schmelzen ließ. Seine Mutter führte nämlich an, dass ein Leben auf dem Land und in einem Schloss mit weitläufigen Gärten für Tessi sicherlich viel angenehmer sein würde als das ewige Eingesperrtsein in der Stadt. In der Wohnung musste Tessi sich nämlich ständig helfen lassen, und sobald sie nach draußen wollte, brauchte sie jemanden, der sie die Stufen vor dem Eingang des Hauses heruntertrug. Zudem rief Tessi oft zu Hause an, weil wieder einmal der Fahrstuhl an einem U-Bahnhof nicht funktionierte und sie deshalb nicht allein aus der U-Bahn-Station nach Hause kommen konnte.

Auf dem Land, erklärte Zorros Mutter, wäre Tessi viel mobiler. Das Schloss hätte Rampen, über die Tessi allein in den Garten fahren könnte. Auch der Verkehr wäre dort ja viel ruhiger, sodass Tessi sich sogar allein im Ort bewegen könnte. Das waren natürlich überzeugende Argumente. Zorro liebte seine Schwester sehr und er wollte, dass es ihr gut ging. Und wenn es für sie besser war, auf dem Land zu leben, dann sollte er sich vielleicht nicht dagegen wehren, oder? Aber dann dachte er, nur weil es Tessi auf dem Land besser gehen würde, müsste er ja nicht auch dort leben.

Während Zorro seinen Gedanken nachhing, fuhren sie an einem Stall vorbei. Hinter diesem Stall schlängelte sich die Straße bis zum Ortskern – dem Marktplatz. Na ja, eher ein Marktplätzchen, wie Zorro fand. In der Mitte ein Springbrunnen und drumherum das Rathaus, eine Apotheke und die Dorfkirche. Das war's. Das war also das Zentrum von Dösterfelde. Dem letzten Kaff am Rande der Zivilisation, gleich zwischen Lang und Weilig, an der Autobahnabfahrt Nirgendwo.

Nach zwei weiteren Abbiegungen stellte sein Vater den Wagen vor einem kleinen Park ab. Oder war das etwa der Garten des Schlosses? Vor einem großen Eisentor hatte eine kleine, zierliche Frau mit kurzen blonden Haaren gestanden. Es war die Maklerin. Überschwänglich begrüßte diese Zorros Eltern. Sie freute sich wahrscheinlich so sehr, weil sie endlich ein paar Doofe gefunden hatte, die das Gemäuer hier im Nirgendwo kaufen würden, dachte Zorro. Dann drehte sich die Maklerin um und deutete auf das Schlösschen.

Seine Mutter war ganz begeistert. Sie seufzte und klatschte in die Hände.

„Nicht weit vom Zentrum …“, flötete die Dame und Zorro murrte nur: „Welches Zentrum?“

Die Dame sah ihn kurz verstört an und fuhr dann gleich fort: „… und dennoch sehr ruhig gelegen.“

„Zu ruhig“, entfuhr es Zorro, worauf er sich einen tadelnden Blick seiner Mutter einfing. Seine Mutter hingegen war einfach nur entzückt.

„Sieh doch mal, Johann“, rief sie und deutete auf die Zinnen der kleinen Türmchen. „Wie eine echte Ritterburg!“ Begeistert klatschte sie erneut in die Hände und lief anschließend mit großen Schritten durch das schmiedeeiserne Tor über den Kiesweg direkt auf die Freitreppe zu. Erst vor der großen Tür mit dem Messingknauf blieb sie stehen, wischte sich eine Haarsträhne aus der Stirn und drehte sich dann zu Zorro und seinem Vater um: „Ja, Johann, nun komm doch!“

Tessi war am Eingangstor stehen geblieben und ließ ihren Blick bewundernd über die Fassade des Schlösschens wandern. Es war zwar insgesamt etwas kleiner, als sie es sich vorgestellt hatten, aber es war fraglos ein Schlösschen. Sogar ein kleiner Graben verlief rund um die Mauer, die das Schlösschen umgab.

Mit ausladenden Armbewegungen hatte die Maklerin sie durch die Räumlichkeiten geführt. Zorro konnte sich nicht mehr an alles erinnern, nur noch daran, dass Bezeichnungen fielen wie „Und hier haben wir den Blauen Salon … und dort schließt die Bibliothek an … beachten Sie bitte die Einlegearbeiten an der Vitrine … kommen wir nun in den Spiegelsaal …“ Letzterer hatte sich zwar als ein eher kleiner Raum mit gerade einmal zehn Spiegeln entpuppt, aber Zorro merkte, dass er für einen Moment sogar selbst von den Räumen beeindruckt war. Würde dieses Schloss in L.A. oder Miami stehen – er hätte es auch genommen. Aber Dösterfelde? Doch er kam nicht dazu, seinen Gedanken zu Ende zu denken, denn die Maklerin führte sie schon die Treppen hinauf in den ersten Stock. Erstaunt blickte Zorro auf den großen Kronleuchter, der im Lichtschacht hing, und auf die schweren Ölgemälde an der Wand. Er ließ seine Hände über die Seidentapeten im Teesalon gleiten und bemerkte, wie der flauschige rote Teppich auf den Treppen die Geräusche seiner Schritte schluckte. Doch dann wurde er aus seinen Gedanken gerissen. Er wollte hier nicht hinziehen. Auf keinen Fall! Er durfte sich nicht einlullen lassen.

„Und als Besonderheit möchte ich Ihnen den Aufzug präsentieren“, sagte die Maklerin und lächelte. Der Aufzug sah aus, als wäre er hundert Jahre alt. Vor der Aufzugtür befand sich ein schwarzes Eisengitter, das man zunächst zur Seite schieben musste.

Die Tür selbst war aus Mahagoniholz mit einem Messingknauf, und die Knöpfe für die Stockwerke waren aus Elfenbein. Der Aufzug war groß genug für einen Rollstuhl und eine weitere Person. Zorro wusste, dass alle seine Bemühungen, seine Eltern von dem Umzug abzubringen, keine Aussicht auf Erfolg haben würden.

Und so war es dann auch. Auf der Rückfahrt war seine Mutter emsig damit beschäftigt, die Umbaumaßnahmen im Schloss durchzugehen. Sie überlegte laut, wo sie welche Vase hinstellen würde und ob man das Teegeschirr in die Nussholzvitrine oder doch in die Anrichte mit den Intarsien einräumen sollte. Sein Vater, der sich ansonsten nicht im Geringsten für solche Themen interessierte, schwärmte ebenfalls von dem Schloss und erzählte, wie es ihn an dieses oder jenes Schloss aus irgendwelchen Romanen erinnerte. Aber Zorro hörte gar nicht mehr zu. Verzweifelt kämpfte er gegen die Erkenntnis an, dass nun aus ihm, einem Stadtkind, ein Landei werden sollte. Traktor statt Skateboard, Blaskapelle statt Hip-Hop-Jam, Gasthof statt Hamburger und Pommes. Nun würde er nicht mehr auf die Skyline aus Michel, Köhlbrandbrücke und altem Elbtunnel blicken, sondern über endlose Mais- oder Rapsfelder. Was für ein Schlamassel.

Als Zorro seinen Freunden in Hamburg von dem Schloss erzählte, konnten sie es kaum glauben. Ein echtes Schloss? Sie waren zuerst beeindruckt. Aber als sie erfuhren, was er dafür in Kauf nehmen musste, veränderten sich ihre Gesichtsausdrücke von bewundernd in mitleidig. Aus „MC Zorro“ war in ihrer Vorstellung gerade „MC Gülle“ geworden. Und Zorro empfand es genauso.

Danach hatte es noch drei Monate gedauert, bis sie aus Hamburg nach Dösterfelde gezogen waren. Zorro versuchte kläglich, seine Eltern davon zu überzeugen, dass er doch in Hamburg bleiben könnte. Zur Not würde er auch auf ein

Internat gehen. Aber seine Eltern wollten davon nichts wissen. Und dann war es eines Morgens so weit. Die Umzugswagen standen vor der Tür.

Und nun lebte er hier in Dösterfelde, Hunderte Kilometer von Hamburg entfernt, und morgen würde die Schule beginnen. Was lernte man wohl an einem Gymnasium auf dem Land? Fruchtfolgen? Wie baue ich einen Hühnerstall? Melktechniken? Und am Nachmittag machten die Jungs dann Traktorrennen?

Zorro ließ den Kopf hängen. Das durfte alles nicht wahr sein. Dann erinnerte er sich wieder an seinen Plan und ein Lächeln huschte über sein Gesicht.

Langsam senkte sich die Sonne im Westen und Zorro machte sich daran, seine Schulsachen zu packen. Danach setzte er sich an seinen Schreibtisch und sah sich um. Sicher war sein Zimmer hier im Schloss weit größer als das, das er in Hamburg bewohnt hatte. Sein Blick wanderte hinüber zum Bett. Es war ein Himmelbett. Dieses Bett musste, so schnell es ging, verschwinden. Seine Mutter allerdings war total begeistert gewesen, als sie es entdeckt hatte. Er würde darin sicherlich himmlische Träume haben, hatte sie geflötet und begeistert in die Hände geklatscht, wie sie es immer tat, wenn sie von etwas beeindruckt war. Zorro hatte mit den Augen gerollt und sich gefragt, für wen seine Mutter ihn eigentlich hielt? Den kleinen Lord? Fehlte nur noch, dass er zu Weihnachten demnächst Zinnsoldaten und ein Steckenpferd geschenkt bekommen würde. Nein, das Bett musste weg.

Ansonsten war das Zimmer ganz in Ordnung. Zorro überlegte noch, wo er seine Plattenspieler und die andere Ausrüstung hinstellen sollte, die er zum Musikmachen brauchte, als er plötzlich den Ruf seiner Mutter hörte. Das Abendbrot war fertig. Noch einmal sah Zorro aus seinem Fenster, aber der seltsame Mann war in der Zwischenzeit nicht wieder zurückgekehrt.

3. Lilly, Montag und Backe

„Guten Morgen, mein Prinz“, hörte Zorro die Stimme seiner Mutter und kurz darauf das Geräusch von schweren Vorhängen, die zurückgeschoben wurden. Zorro blinzelte vorsichtig und rieb sich die Augen. War es wirklich schon halb sieben? Seine Mutter stand in einem cremefarbenen Kostüm, perfekt frisiert und mit Perlenkette vor ihm. Noch einmal hallte ihm das „Mein Prinz“ durch den Kopf. Dann schlug Zorro seine Bettdecke zurück und richtete sich auf.

„Mach dich fertig und dann komm bitte runter. Es gibt Frühstück und Frau Linde ist auch schon da.“ Damit verschwand Zorros Mutter wieder aus seinem Zimmer und ließ ihn allein. Frau Linde, ging es Zorro durch den Kopf. Was hatte seine Mutter sich bloß dabei gedacht? Er würde doch bald fünfzehn und Tessi war immerhin fast vierzehn. Wozu brauchten sie also ein Kindermädchen? Bereits am gestrigen Abend hatte Frau Linde mit ihnen zu Abend gegessen. Sie saß die ganze Zeit schweigsam am Tisch und nickte nur manchmal mit dem Kopf, wenn seine Mutter sie direkt ansprach. Was sollten er und Tessi mit dieser Frau bloß anfangen?

Und dann erinnerte sich Zorro an die letzte Nacht. Er war gegen 21 Uhr in sein Zimmer gegangen, um ins Bett zu gehen. Nachdem er sich umgezogen hatte, hatte er sich in seinen Sessel gesetzt und noch ein wenig in einem Magazin geblättert, bevor er noch im Sessel sitzend eingeschlafen war.

Irgendwann in der Nacht hatte ihn plötzlich ein Geräusch geweckt. Zunächst hatte er gedacht, es wäre das Knacken des Holzfußbodens oder ein anderes Geräusch, das so alte Häuser eben von sich geben. Doch das Geräusch war lauter geworden und schien einem bestimmten Muster gefolgt zu sein. Langsam war er aufgestanden und hatte sich vorsichtig zu seiner Zimmertür geschlichen. Ganz langsam hatte er dann die Türklinke heruntergedrückt und seinen Kopf durch den Spalt gesteckt, um nach draußen zu sehen. Doch dort war nichts. Nur die Wandlampe an der Treppe, die hinauf zum Schlafzimmer seiner Eltern führte, gab schwaches Licht ab. Der Lichtkegel verlieh dem schweren Ölgemälde, auf dem die Landschaft rund um Dösterfelde zu sehen war, etwas Gespenstisches. Langsam hatte Zorro einen Schritt auf den Flur gemacht und für den Bruchteil einer Sekunde hatte er gemeint, etwas gehört zu haben. Doch dann war es wieder ganz still geworden. Zorro hatte sich noch einen weiteren Schritt vorgewagt und den Flur entlang gesehen. Doch da war immer noch nichts. Dann war er wieder in sein Zimmer zurückgekehrt und hatte die Tür hinter sich geschlossen. Für einen Moment hatte er überlegt, ob er die Tür abschließen sollte. Doch dann hatte er sich dagegen entschlossen. Es dauerte dann noch eine ganze Weile, bis er endlich eingeschlafen war.

Zorro stand auf, griff seine Jeans, seinen Kapuzenpulli und sein T-Shirt, die allesamt vor dem Bett auf dem Boden lagen, und trottete ins Bad. Das war natürlich ein Luxus, ein eigenes Bad, nur für ihn. Nachdem er geduscht und sich angezogen hatte, wollte Zorro gerade in die Küche gehen, als ihm auf dem Flur vor seinem Zimmer etwas auffiel. Die Vase, die vorher unterhalb eines Erkerfensters gestanden hatte, stand nun am Geländer der Treppe. War das gestern Abend auch schon so gewesen? Er versuchte, sich zu erinnern. Nein, er war sich ganz sicher, die Vase hatte dort nicht gestanden. Aber wer hatte die Vase dahin gestellt? Etwa seine Mutter? Nein, die Vase war groß und schwer und ließ sich nicht so einfach verschieben. Zudem war sie dort, wo sie nun stand, im Weg. Seine Mutter hätte die Vase allein deshalb dort nicht hingestellt. Aber er konnte sie natürlich zur Sicherheit noch fragen. Dann machte Zorro sich auf den Weg in die Küche.

Draußen war es grau. So grau, dass sich die einzelnen Grauschattierungen schon gar nicht mehr unterscheiden ließen. Der Morgennebel lag noch immer auf den abgeernteten Feldern. Einige Vögel saßen in der knorrigen Eiche vor dem Schloss. Zorro ging über die Kieseinfahrt zum schmiedeeisernen Tor und zog dieses auf. Es quietschte leicht. Dann trat er hinaus auf die Straße und ging die paar Meter zur Bushaltestelle. Er musste ganze zwanzig Minuten auf den Schulbus warten, bis das blau-weiße Ungetüm dröhnend um die Ecke gebogen kam. Aus dem Auspuffrohr qualmte es schwarz. Mit einem Zischen öffnete sich die vordere Tür. Zorro stieg in den Bus. Der Busfahrer war ein massiger Mann mit Doppelkinn und einem buschigen Oberlippenbart. Er nickte Zorro kurz zu und drückte dann den Knopf, um die Tür zu schließen. Mit einem Ruck setzte der Bus sich wieder in Bewegung. Zorro blickte sich um. Außer ihm befanden sich noch vier weitere Schüler im Bus. Drei davon waren, wie Zorro vermutete, in der fünften Klasse. Ansonsten saß am hinteren Ende des Busses noch ein Schüler, der wohl kurz vor dem Abitur stand. Er trug einen grünen Anorak, hatte große Kopfhörer auf und kaute Kaugummi, wobei er gelangweilt aus dem Fenster sah. Seine blonden Haare waren kurz geschoren und seine Nase war lang und schmal.

Zorro suchte sich einen freien Platz und ließ sich auf die Sitzbank fallen. Er stellte seinen Rucksack neben sich auf dem Sitz ab und holte seine Kopfhörer hervor. Derweil fiel sein Blick aus dem Fenster. Sie fuhren durch den Ort, vorbei an offenen Scheunen, gesichtslosen Einfamilienhäusern mit Spitzgiebeldächern und Rauputzfassaden. Hin und wieder mussten sie hinter einem Traktor abbremsen oder warten, bis eine Gruppe von Hühnern oder Enten die Straße überquert hatte. Zorro drehte die Musik auf und ließ seinen Kopf in den Nacken sinken. Das wäre nun also sein Alltag für die kommenden Monate – nein, Jahre. Dann dachte er wieder an seinen Plan und ein Lächeln huschte über sein Gesicht.

„Ist da noch frei?“, drang eine Stimme plötzlich an Zorros Ohr. Zorro musste eingeschlafen sein. Hastig richtete er sich auf.

„Was?“, fragte er, ohne hochzuschauen.

„Ist da noch frei, habe ich gefragt." Nun sah Zorro den Jungen, der vor ihm stand, und traute seinen Augen kaum. Der Junge war schwarz. Ein Schwarzer in Dösterfelde? Und er war auch noch richtig cool gekleidet: Baggy Pants, Kapuzenpulli, Turnschuhe und auf seinem Kopf prangte ein Paar der coolsten Kopfhörer, die Zorro kannte.

„Ja, klar", sagte Zorro und rutschte zur Seite. Erst jetzt bemerkte er, dass der Bus schon fast ganz besetzt war. Wie lange hatte er geschlafen? Der Junge ließ sich mit einem leichten Schwung auf die Sitzbank fallen und stellte den Rucksack auf seinen Schoß. Nun sah Zorro auf dem Display des MP3-Players, den der Junge in der Hand hielt, den Titel. Es war *Beats for Life* von J. Baker. Es war einer von Zorros Lieblingstiteln.

„Hast du das Album?", fragte Zorro.

Der Junge nahm die Kopfhörer ab und sah Zorro verwundert an: „Was?"

„Ob du das Album von J. Baker hast?", fragte Zorro erneut.

„Ah, J – ja klar. Echt klasse, was der macht. Ich hab mir letztens die EP *Beats from Detroit* geholt. Der hat's drauf. Stehst du auf Hip-Hop?"

Für einen Moment war Zorro beleidigt. Sah man ihm das nicht an? So sagte er nur knapp: „Klar."

Der Junge nickte und fragte Zorro dann: „Hab' ich dich hier schon einmal gesehen?"

Zorro schüttelte den Kopf.

„Neu hier?"

„Ja, wir sind erst seit ein paar Wochen hier", sagte Zorro.

„Wo wohnt ihr denn?“

„Oben im Schloss“, antwortete Zorro und deutete aus dem Fenster in die Richtung, in der er das Schloss vermutete.

„Ne, ist nicht wahr?“, staunte der Junge. „Du wohnst da oben im Schloss?“

„So ist es“, bestätigte Zorro und merkte, dass er dabei ein bisschen stolz klang. Dann reichte er dem anderen Jungen die Hand: „Ich heiße übrigens Zorro.“

„Zorro?“, sagte der Junge zweifelnd. „Ist nicht dein richtiger Name, oder?“

„Ne, natürlich nicht – aber Zorro ist gut. Und wie heißt du?“

„Montag.“

„Ne, ich will nicht wissen, welcher Wochentag ist, sondern wie du heißt.“

„Montag.“

„Wie, du heißt Montag? So wie der Freitag bei Robinson Crusoe?“

Montag warf Zorro einen bösen Blick zu, nickte aber dann.

„Aber das ist auch nicht dein richtiger Name, oder?“

„Doch – nur nicht auf Deutsch. Ich … also meine Eltern kommen aus Gambia, und dort ist es nicht unüblich, dem Kind als Vornamen den Wochentag zu geben, an dem es geboren wurde. In ihrer Landessprache heiße ich dann Kwadwo. Das heißt Montag.“

„Und wie soll ich dich nennen?“, fragte Zorro etwas unsicher.

„Montag ist gut“, meinte er und lächelte.

„Okay“, sagte Zorro und lächelte zurück.

„Na, wer ist denn da!“, hörten sie plötzlich eine Stimme. Die beiden Jungen sahen hoch. Vor ihnen stand ein Mädchen. Sie hatte schulterlange blonde Haare, hellblaue Augen und pastellpinkfarbene Lippen. Zumindest fand Zorro, dass es pastellpink war. Sie trug ein T-Shirt, Jeansjacke, Jeans und Stoffturnschuhe. Über ihrer rechten Schulter baumelte ein Rucksack.

„Morgen, Lilly“, begrüßte Montag sie und deutete auf Zorro: „Das ist Zorro und das ist Lilly, die gute Seele der 8b.“

Lilly nickte Zorro zu. Zorro hatte das Gefühl, dass sie nur ihn anlächelte.

„Zorro? Der Rächer? Der Fuchs?“, fragte Lilly mit schelmischem Unterton.

„Einfach Zorro“, erklärte Zorro und merkte, wie er verlegen wurde.

„Tja, ich bin einfach Lilly“, sagte sie und reichte ihm die Hand.

„Zorro wohnt oben im Schloss“, ergänzte Montag.

„Echt?“, fragte Lilly und sah anerkennend zu Zorro. „Seid ihr adelig?“

Zorro hatte diese Frage befürchtet. „Na ja – also … also nichts Besonderes. Aber … also … ja, schon irgendwie.“

„Aha, irgendwie“, wiederholte Lilly. Sie schien nicht überzeugt. „Und Adelige nennen ihre Kinder neuerdings Zorro?“

„Nein, natürlich nicht. Aber es ist mein Spitzname und er gefällt mir ganz gut.“

„Ich würde trotzdem gern wissen, wie du wirklich heißt", sagte Lilly und lehnte sich vor.

„Willst du nicht", antwortete Zorro.

„Doch, will ich." Lilly grinste breit.

Der Bus bog ab und sie musste sich an einer der Haltestangen festhalten, um nicht umzukippen.

„Können wir nicht bei Zorro bleiben?", fragte Zorro. Lilly schüttelte den Kopf. Zorro fürchtete kaum etwas so sehr, wie seinen richtigen Namen zu nennen. Montag und Lilly würden sicherlich lauthals loslachen und damit wäre sein erster Schultag ohne Zweifel absolut im Eimer.

„Nun komm schon", drängelte Lilly. „Sonst fange ich an zu raten."

Zorro wusste nicht warum, aber er wollte nicht, dass Lilly ihn für einen Feigling hielt. Und Montag natürlich auch nicht.

„Na, ihr wisst ja, bei Adeligen ist es Tradition, dass die Kinder …"

„Keine langen Reden – wie heißt du nun wirklich?"

Zorro seufzte und holte Luft: „Sigismund Ottokar Engelhardt Balduin von Frangenberg." Er wartete auf das Gelächter der beiden, aber es blieb aus.

„Alle Achtung", kommentierte Lilly. „Ich hätte nie gedacht, dass ich mal jemanden treffe, den es noch härter als mich erwischt hat."

„Wieso, an Lilly ist doch nichts auszusetzen", entgegnete Zorro und sah Lilly fragend an.

„Stimmt, an Lilly nicht, aber wie wäre es mit Otilia-Walburga Lehmann."

„Otilia-Walburga?“, wiederholte Zorro ungläubig.

„Genau“, sagte Lilly und ließ sich auf einen Sitzplatz vor Zorro nieder, der gerade frei geworden war.

„Das ist echt …“

„Ziemlich dämlich“, beendete Lilly Zorros Satz.

„Und was hat deine Eltern dazu bewogen?“

„Ein historischer Roman“, erklärte Lilly gequält. „Meine Güte, denke ich jeden Tag, man kann ein Buch ja mögen, aber muss man deshalb sein Kind mit einem solchen Namen bestrafen?“

Zorro war irgendwie erleichtert. Erst traf er einen Jungen, der Montag hieß und dann ein Mädchen, das auf den Namen Otilia-Walburga hörte. Mit dem Wissen fühlte er sich gleich viel besser. Es war ein gutes Gefühl, nicht der Einzige mit beklopptem Namen zu sein.

„Siehst du, Zorro, war doch gar nicht so schlimm. Oder was meinst du, Backe?“ Lilly drehte sich zu dem Jungen neben ihr. Er war rund, um nicht dick zu sagen, hatte pralle Wangen, rosige Gesichtshaut, kleine Knopfaugen und einen breiten Mund. Er trug wie Zorro ein Baseballcap und Baggy Pants. In seinen fleischigen Händen hielt er ein Mathebuch, auf das er unkonzentriert starrte. „Backe, willst du Zorro nicht einmal erzählen, wie du heißt?“

„Ne, kein Bedürfnis“, wehrte Backe ab und tat so, als wäre er in die Aufgabe in seinem Buch vertieft.

„Na gut, dann tue ich es“, sagte Lilly und setzte gerade an, als Backe ihr ins Wort fiel. „Okay, gewonnen! Also ich heiße Caspar-Melchior-Balthasar Huber.“

Lilly grinste über beide Wangen und auch Zorro konnte sich ein leichtes Grinsen nicht verkneifen.

„Ja, meine Eltern fanden das irgendwie originell", erklärte Backe müde. „Sie haben sich in der Grundschule beim Krippenspiel kennengelernt. Mein Vater war der Melchior und meine Mutter die Maria. Tja, ich darf das jetzt ausbaden", seufzte er und wandte sich wieder seinem Buch zu.

„Wir drei haben schon überlegt, ob wir vielleicht den *Club der blöden Namen* gründen sollten? Und ganz ehrlich, Sigismund Ottokar Engelhard Balduin – ich glaube, wir würden dich aufnehmen." Lilly grinste wieder und Zorro bemerkte, dass er sie bereits jetzt mochte, obwohl er sie erst seit wenigen Minuten kannte.

„Wo kommst du denn eigentlich her, Zorro", fragte Lilly.

„Aus Hamburg."

„Wow, Hamburg. Und was führt euch dann nach Dösterfelde?" Lilly klang verwundert. Sie konnte ja nicht ahnen, wie sehr sie damit in Zorros Wunde herumstocherte.

„Es ist wegen meiner Schwester", begann Zorro. „Sie sitzt im Rollstuhl und für sie ist es hier besser."

Lilly nickte. „Und was machst du jetzt so?", fragte sie.

Zorro zuckte mit den Schultern. Was machte er? Nichts, so weit. Musik wollte er wieder machen, aber ansonsten hatte er keine Pläne.

„Keine Ahnung. Musik vielleicht", antwortete Zorro und sah abwechselnd zu Lilly und Montag.

„Was machst du denn für Musik?", mischte Backe sich nun von seinem Platz aus ein.

„Na ja, Hip-Hop halt“, meinte Zorro. Er hatte nicht wirklich Lust, über seine Musik zu sprechen.

„Cool“, sagte Montag und sah Zorro interessiert an. „Trittst du auch auf?“

„Auftreten? Na ja, nicht wirklich – ich mache halt so Mixes und sowas“, gab Zorro knapp zur Antwort und hoffte, damit das Thema zu beenden.

„Wir haben hier nächsten Freitag im Jugendhaus eine Party. Hast du nicht vielleicht Lust, da aufzulegen?“

„Ich bin ja kein DJ“, wollte Zorro sich herauswinden, aber er merkte, dass Montag das nicht gelten lassen würde. Und eigentlich war es doch sein Traum, auf der Bühne zu stehen. Also, vielleicht wäre es gar nicht schlecht, wenn er wieder ein bisschen praktische Erfahrungen sammeln würde.

„Okay, ich denke drüber nach“, sagte Zorro und lächelte Lilly und Montag zu.

Wenige Minuten später hielt der Schulbus vor einem roten Klinkergebäude. Sie waren da. Das Goethe-Gymnasium in Bad Trekelsingen. So schlecht sah es gar nicht aus. Montag, Lilly, Backe und Zorro stiegen aus dem Bus, liefen über den Rasen hinüber zur Treppe und betraten das Schulgebäude. Der erste Schultag nach den Sommerferien und Zorros erster Schultag auf dem Lande.

4. Das Plakat

Und, was hältst du von Schulze?", fragte Lilly, wobei sie sich neben Zorro auf die Bank sinken ließ. Sie holte ihre Brotdose und ein Getränk aus ihrer Tasche und stellte beides neben Zorro auf die Bank.

Es war die zweite große Pause. Und der Schulhof füllte sich schnell mit Schülern und Schülerinnen aus allen Klassen. Zorro hatte am Morgen erleichtert festgestellt, dass er in dieselbe Klasse wie Backe, Montag und Lilly ging und sich in der Klasse auch sogleich neben Lilly gesetzt. Sie hatten zwei Stunden Englisch und dann zwei Stunden Erdkunde gehabt. Da es der erste Tag nach den Sommerferien war, kam es Zorro alles sehr entspannt vor.

„Ich glaube, er ist ganz in Ordnung, oder nicht?", erwiderte Zorro. Hungrig biss er in das Sandwich, das ihm seine Mutter mitgegeben hatte.

„Ganz in Ordnung?", fragte Lilly entgeistert. „Tja, wie man's nimmt. Er hat mir im letzten Jahr eine glatte Fünf gegeben."

„Eine Fünf in Erdkunde?", fragte Zorro ungläubig.

„Ja, hat mich auch überrascht. Das Jahr zuvor hatte ich noch eine Zwei. Drei Noten abgerutscht."

„Was ist denn passiert?", wollte Zorro wissen.

„Mein Vater hat ihn aufgeschrieben", meinte Lilly.

„Aufgeschrieben? Wie aufgeschrieben?", fragte Zorro.

„Mein Vater ist der Polizist in Dösterfelde und Herr Schulze parkt seinen Wagen gern auf dem Behindertenparkplatz vor dem Rathaus. Mein Vater hat ihm daraufhin einen Strafzettel verpasst und Herr Schulze hat sich darüber sehr geärgert. Tja, und ich darf das nun ausbaden."

„Aber Herr Schulze kann dir doch nicht einfach eine Fünf geben, weil er von deinem Vater einen Strafzettel bekommen hat", erwiderte Zorro irritiert.

„Offiziell natürlich nicht", erklärte Lilly. „Es gab natürlich andere Gründe. Aber ich glaube, dass es mit den Strafzetteln zu tun hat. Da kann der Herr Schulze sagen, was er will. In Dösterfelde kennt eben jeder jeden." Damit stand Lilly auf, nahm ihre Sachen und nickte Zorro zu. „Komm, ich zeige dir die Bibliothek."

Die beiden schlenderten über den Schulhof und Zorro musste feststellen, dass die meisten Kinder hier nicht viel anders aussahen als die Schüler in Hamburg. Die Mode war dieselbe, ebenso schien es die gleichen Gruppen zu geben. Die Musiker und Hip-Hopper, die Mathe-Freaks, die Schüchternen und diejenigen, die in keine Gruppe passten. Was Zorro aber besonders gefiel, war der Schulhof. Er war groß und grün. Es gab eine große Wiese, die von einer Gruppe Kastanien eingerahmt wurde. Dazu gab es ein kleines Basketballfeld, auf dem man auch Fußball spielen konnte, und mehrere Bänke. Für die jüngeren Schüler stand zudem ein Spielplatz mit Klettergerüst, Rutsche und Schaukel zur Verfügung.

„Hier", sagte Lilly und deutete auf die Tür der Bibliothek. Diese war an einem kleineren Gebäude aus Glas neben dem

Hauptgebäude untergebracht. Die beiden Schüler betraten die Bibliothek. Das Licht war schummrig und nur das leise Surren der PCs war zu hören. In Holzregalen reihte sich Buch an Buch. Lilly ging an den Regalen vorbei und ließ ihre Hand über die Buchrücken gleiten. Am Ende des Raumes saßen ein paar Schüler vor einem Rechner und suchten etwas im Internet.

„Wow, ganz schön modern", staunte Zorro. „So eine Bibliothek hatten wir an meiner alten Schule nicht."

„Ja, darum hat sich meine Mutter bemüht", erklärte Lilly. „Sie ist hier die Bibliothekarin. Wir hatten vorher auch nur einen kleinen Raum im Hauptgebäude. Aber hier haben wir viel mehr Platz für Bücher. Ich bin gern hier. Hier kann man sich ein Buch nehmen und einfach in Ruhe lesen."

„Wo ist deine Mutter jetzt?", fragte Zorro.

„Wahrscheinlich in der Mittagspause", sagte Lilly.

„Aha." Zorro nickte. „Verstehe."

„Komm, wir setzen uns da rüber", schlug Lilly vor und deutete auf ein Sofa, das unweit des Sitzplatzes der Bibliothekarin stand. Zorro blickte in die Richtung und für einen Moment war es ihm, als würde er einen Schatten durch die Scheibe hinter dem Sofa sehen. Er hielt Lilly am Arm fest.

„Was ist los?", fragte sie Zorro und sah ihn irritiert an.

„Hast du das nicht gesehen?"

„Was?"

„Na, den Schatten da hinter der Scheibe?"

„Nein, ich habe nichts gesehen", sagte Lilly und zog ihren Arm zurück.

„Vielleicht habe ich mich getäuscht“, entgegnete Zorro und bemühte sich, ein Lächeln aufzusetzen. „Wo sind eigentlich Backe und Montag?“

„Ach, die müssen noch etwas für Reli vorbereiten. Wir haben da vor den Sommerferien ein Projekt bekommen und das müssen wir nun abgegeben“, erwiderte Lilly. Dann lehnte sie sich auf dem Sofa zurück und sah Zorro herausfordernd an.

„Was ist los?“, fragte Zorro.

„Ich frage mich gerade, wie es dir als Stadtkind hier so gefällt in unserem beschaulichen Dösterfelde?“

Zorro seufzte.

„Es ist schon eine gewaltige Umstellung, stimmt's?“, vermutete Lilly.

„Ja, das ist es“, bestätigte Zorro und ließ sich ebenfalls zurücksinken. „Ich möchte am liebsten sofort zurück.“

Für eine Weile sagten die beiden nichts, bis das Läuten der Schulglocken zu hören war.

„Tja, das war es schon wieder“, seufzte Lilly und sprang auf. „Nun haben wir zwei Stunden Reli. Aber das wird sicherlich interessant.“

„Findest du?“, fragte Zorro, der nicht glaubte, dass Lilly das ernst meinen könnte.

„Ja, finde ich durchaus“, sagte Lilly. „Aber das erkläre ich dir später.“

Damit stieß Lilly die Tür der Bibliothek auf. Doch Zorros Blick blieb an der Fensterscheibe neben der Tür hängen. Dort war ein großes, orangefarbenes Plakat angebracht. Zorro war sich sicher, dass es vor wenigen Minuten noch nicht dort gehangen hatte. In großen Buchstaben stand darauf geschrieben: „Musiker aufgepasst – hier wartet eure Chance!"

„Kommst du, Zorro?", hörte er Lilly sagen.

„Noch einen Moment", sagte Zorro und sah sich das Plakat genauer an. „Elbe Records präsentiert den größten deutschen Hip-Hop-Wettbewerb", las Zorro. Eilig huschten seine Augen weiter. *„Schick uns dein Demo und werde zum Star! Das beste Demo gewinnt einen Plattenvertrag. Dazu nimmst du deinen Track mit Johnny D. auf! Schicke uns deinen besten Titel bis zum 12.08. oder lade ihn unter www.Elbe-Songwettbewerb.de hoch! Elbe Records – das aufstrebende Hip-Hop-Label aus dem Norden."*

Zorro konnte es kaum fassen. Ein Wettbewerb für Hip-Hop-Produzenten! Darauf hatte er immer gewartet. Es verschlug ihm die Sprache. Das war seine Chance! Und dann die Aussicht darauf, mit Johnny D. zusammenzuarbeiten. Johnny war sein absolutes Idol! Er war zurzeit der absolut größte MC in Deutschland. Er hatte sogar schon mit Größen aus den USA auf der Bühne gestanden. Fast täglich besuchte Zorro Johnnys Webseite und las, welche Titel und Künstler Johnny empfahl. Zorros Verehrung ging so weit, dass ein Poster von Johnny D. in seinem Zimmer hing. Die bloße Vorstellung davon, mit Johnny D. im Studio zu stehen, die gleiche Luft zu atmen, neben ihm am Mischpult zu sitzen und gemeinsam zu entscheiden, wann der Track fertig sein würde, ließ seinen Herzschlag galoppieren. Zorro merkte, wie seine Handflächen feucht wurden und sein Atem sich beschleunigte. Das wäre seine Chance!

Nur – er musste sich beeilen. Der 12.08. – das war schon der kommende Freitag! Es blieb ihm so gut wie keine Zeit mehr. Er konnte seinen Blick vom Plakat kaum abwenden.

„Kommst du jetzt?“, hörte er Lilly rufen.

„Ja, ja …sofort!“, rief er zurück. Eilig kramte er einen Stift und ein Stück Papier aus seiner Schultasche und notierte sich Namen, E-Mail-Adresse und Postadresse. Dann holte er sein Handy hervor und fotografierte das Poster zur Sicherheit noch. Eilig kramte Zorro alles zurück und trat nach draußen. Lilly blickte ihn verwundert an.

„Was war denn los?“, fragte sie.

„Hast du das Poster nicht gesehen?“

„Ne, welches Poster?“

„Das da neben der Tür. Das ist für einen Hip-Hop-Wettbewerb. Absolut genial!“, sagte Zorro atemlos.

Dann liefen die beiden so schnell es ging zum Hauptgebäude hinüber.

Und du bist dir sicher, dass das Poster da vorher nicht gehangen hatte?“, fragte Montag und sah dabei auf den Boden zwischen seinen Füßen. Backe, Lilly, Montag und Zorro saßen am Marktplatz in Bad Trekelsingen. Die letzte Stunde Mathe war ausgefallen, daher hatten sie noch fünfundvierzig Minuten, bis der Schulbus sie wieder abholen würde.

„Absolut sicher“, meinte Zorro. „Als wir in die Bibliothek hineingingen, war das Poster noch nicht da. Das wäre mir doch aufgefallen. So wie es mir auf dem Weg heraus aufgefallen ist.“

„Muss denn niemand deine Mutter fragen, ob er da etwas hinhängen darf?“, wandte Zorro ein und sah Lilly dabei fragend an.

„Wahrscheinlich schon. Keine Ahnung“, entgegnete sie und zuckte mit den Schultern. „Aber was ist denn daran so wichtig?“

„Im Grunde nichts, aber …“

„Was, aber?“, hakte Lilly nach.

„Ach, irgendwie passieren hier seltsame Dinge“, sagte Zorro.

„Das stimmt allerdings“, bestätigte Backe. „Frau Kehlmann hat Nils heute überhaupt nicht runtergeputzt und Jenny hat es heute geschafft, einen ganzen Satz am Stück zu sagen.“

„Du bist gemein“, fauchte Lilly und warf Backe einen tadelnden Blick zu.

„Nein, hier passieren wirklich seltsame Dinge“, sagte Zorro. Und dann erzählte er seinen Freunden von dem Mann, den er gestern im Garten gesehen hatte, und dem Schatten, der ihm vorhin in der Bibliothek aufgefallen war. Nur von den seltsamen Geräuschen im Schloss mochte er ihnen nichts erzählen.

„Mensch Zorro, daran musst du dich hier wohl gewöhnen. Wir haben hier ein paar seltsame Vögel auf dem Land. Der eine sitzt gern im Rhododendron und der andere schleicht um die Schulbibliothek herum. Da musst du dir nichts bei denken. Wir haben hier so komische Typen“, erklärte Backe und holte ein Brot aus der Tasche.

„Nein, das meine ich nicht“, sagte Zorro. „Der Typ gestern war nicht irgendein Verrückter. Der hat das Schloss gezielt beobachtet. Und die Sache mit dem Schatten an der Bibliothek habe ich mir auch nicht eingebildet.“

„Das sagt ja keiner“, versicherte Lilly und lächelte Zorro zu. „Aber wahrscheinlich passiert in der Stadt ein wenig mehr als hier. Hier ist echt nicht viel los. Da fallen einem plötzlich die seltsamsten Dinge auf.“

„Es muss ja auch nichts los sein“, wehrte sich Zorro. „Aber ich weiß, was ich gesehen habe.“

Zorro war enttäuscht. Seine Freunde schienen ihm nicht zu glauben. Aber er war sich sicher, er hatte sich das Ganze nicht eingebildet. Der Mann gestern im Garten und der Schatten an der Bibliothek – beide waren real gewesen.

„Okay, wer von euch kommt denn heute Nachmittag ins *Zentrum?“,* fragte Lilly in die Runde.

„Ich weiß noch nicht“, meinte Backe. „Mein Vater braucht Hilfe am Hof und meine Mutter meint, ich sollte dieses Schuljahr ein bisschen ernster nehmen als das letzte.“

„Ich bin wohl dabei“, sagte Montag.

„Ins *Zentrum?“,* fragte Zorro.

„Ja, unser Treffpunkt in Dösterfelde. Wir treffen uns, um das Festival vorzubereiten. Wenn du Lust hast, bist du herzlich eingeladen.“

„Ja, gut, ich schau mal“, meinte Zorro.

„Okay, wenn du es dir überlegt hast, rufst du mich am besten an“, sagte Lilly. „Gib’ mir mal deine Handynummer, damit ich dir eine Nachricht senden kann.“

Zorro nannte Lilly seine Nummer und wenige Sekunden später summte sein Handy. Er sah die Nachricht von Lilly. „Jetzt hast du meine Nummer und kannst mich anrufen."

„Oder du schickst mir eine Nachricht", fügte sie hinzu.

„Alles klar", bestätigte Zorro. Dann tauschten sie alle ihre Nummern untereinander aus. Im nächsten Moment fuhr der Schulbus vor.

Den ganzen Rückweg konnte Zorro nur an den Wettbewerb denken. Johnny D. – der Name geisterte in seinem Kopf herum. Ein leichtes Lächeln lag auf seinem Gesicht. Noch nie war er seinem Traum so nah gewesen.

5. Die Vase

Und wie war dein erster Schultag, Brüderchen?", hörte er Tessis Stimme schon von der Terrasse.

„Das wollte ich dich auch gerade fragen", antwortete Zorro und ließ seinen Rucksack neben Tessi auf den Boden fallen. Dann setzte er sich auf einen der Balkonstühle und schaute seine Schwester fragend an.

„Und, wie ist er?", wollte Zorro wissen.

„Wer?", fragte Tessi.

„Na, der Hauslehrer?"

„Na, wie man sich ihn eben vorstellt. Nett, unsicher, übervorsichtig", erklärte Tessi und warf Zorro ein zurückhaltendes Lächeln zu.

Er wusste nur zu gut, dass Tessi viel lieber in eine richtige Schule gehen würde. Stattdessen bekam sie nun Hausunterricht. In Hamburg war Tessi noch auf eine normale Schule gegangen, die über Rollstuhlrampen und einen Fahrstuhl verfügte. Aber in Dösterfelde war es schwer gewesen, eine passende Schule zu finden. Daher blieb Tessi erst einmal zu Hause und wurde von einem Hauslehrer unterrichtet. Tessi hatte zugestimmt, aber nur unter der Bedingung, dass ihre Eltern sich so schnell wie möglich um eine andere Schule bemühen würden.

Dann berichtete Zorro seiner Schwester von seinem ersten Schultag. Er erzählte von Backe, Montag und Lilly, von den Lehrern und von dem Wettbewerb.

„Das klingt doch toll!", freute sich Tessi für ihn. „Und was willst du dahin schicken?"

Zorro zuckte mit den Schultern. Darüber hatte er sich noch keine Gedanken gemacht. Er hatte zwar ein paar Songs fertig, aber er war sich nicht sicher, ob darunter schon der Titel war, mit dem er gewinnen konnte.

„Pass nur auf, dass du nicht zu laut bist", ermahnte ihn Tessi mit diesem Grinsen, das sie immer aufsetzte, wenn sie ihm etwas verschwieg.

„Was ist los?", fragte Zorro.

„Frau Linde", sagte Tessi mit verschwörerischem Unterton.

„Was ist mit Frau Linde?"

„Ich glaube, wir sind ihre erste Anstellung überhaupt", vermutete Tessi.

„Wie kommst du darauf?", fragte Zorro und beugte sich zu seiner Schwester.

„Weil sie so ziemlich alles falsch macht, was man falsch machen kann."

„Erzähl", drängte Zorro aufgeregt.

Nun beugte sich auch Tessi vor: „Mama hat sie heute Morgen gebeten, den Tisch für das Frühstück zu decken. Na, was soll ich sagen? Die Messer lagen links vom Teller und den Orangensaft hat sie in Champagnergläsern serviert. Zuletzt wollte sie noch die Fischmesser wegwerfen, weil die ja so stumpf wären."

„Was?", prustete Zorro. „Wo hat Mama die denn aufgetrieben?"

„Keine Ahnung“, sagte Tessi und wirkte so, als würde sie genau darüber nachdenken. „Ich glaube, Frau Linde hat sich ganz bewusst bei uns beworben. Aber das ist noch nicht alles. Als Mama sie gebeten hat, im Haus Staub zu wischen, hat sie sich im ersten Stock unheimlich viel Zeit gelassen. Sie hat Ewigkeiten an dem Erkerfenster neben deinem Zimmer gestanden und geputzt.“

Zorro durchfuhr es wie ein Blitz. Tessi bemerkte, dass ihr Bruder zusammenzuckte.

„Was ist denn los?“, fragte sie verwundert.

Für einen Moment zögerte Zorro. Er war unsicher, ob er Tessi von der letzten Nacht erzählen sollte. Aber dann entschied er sich doch dafür.

„Ich habe gestern seltsame Geräusche gehört. Ich meine gestern Nacht. Sie kamen aus dem Flur. Als ich dann aber aus dem Zimmer kam, war da nichts. Nur heute Morgen fiel mir auf, dass jemand die Vase, die vor dem Erkerfenster gestanden hatte, verschoben hat.“

„Bist du dir sicher?“, fragte Tessi.

„Absolut sicher“, erwiderte Zorro. „Irgendetwas hat es mit dem Fenster auf sich.“

„Oder mit dem, was dahinter ist“, mutmaßte Tessi.

„Worauf blickt man denn von dem Fenster aus?“

„Lass es uns herausfinden“, schlug Tessi vor.

„Okay“, sagte Zorro, stand auf und ergriff Tessis Rohlstuhl. So schnell es ging, schob er sie über die Terrasse und die Rampe zum Haupteingang hinauf. In der Halle angekommen, drückte Zorro den Knopf am Fahrstuhl. Rumpelnd kam die hölzerne Kabine heruntergefahren. Mit einem ‚Ratsch' schob Zorro das Eisengitter zur Seite und öffnete die Holztür. Dann schob er Tessi hinein. Rumpelnd und quietschend fuhr der Fahrstuhl wieder nach oben. Im ersten Stock stiegen sie aus und Tessi fuhr selbstständig in Richtung des Erkerfensters. Die Vase stand mittlerweile wieder an ihrem ursprünglichen Platz.

„Kannst du etwas erkennen?", fragte Zorro seine Schwester.

„Nichts, was mir verdächtig vorkommt", gab Tessi zurück.

„Da ist der Busch", meinte Zorro und deutete auf eine Stelle im Garten.

„Da sind viele Büsche", merkte Tessi an und sah zu ihrem Bruder auf.

„Ja, aber ich meine den Busch, hinter dem sich der Mann gestern versteckt hat."

Tessi schaute aus dem Fenster zu der Stelle, auf die Zorro deutete. Doch heute war dort nichts Auffälliges zu sehen.

„Ist denn hier irgendetwas am Fenster?", fragte Zorro mehr sich selbst und fuhr mit der Hand über den Fensterrahmen. Aber nein, da war nichts. Kein Geheimfach. Nur – warum hatte die Person, die hier nachts herumschlich, sich genau dieses Fenster ausgesucht? Sie untersuchten noch die gesamte Holzvertäfelung rund um den Erker, aber es gab nichts zu finden.

„Vielleicht haben wir uns doch getäuscht", sagte Tessi. „Vielleicht ist absolut nichts mit diesem Fenster und der Vase."

„Die Vase", kam Zorro die Idee, und er wandte sich der Vase zu. „Vielleicht geht es gar nicht um das Fenster, sondern um die Vase?"

Er beugte sich über die Vase, in der noch keine Blumen steckten. Sie war sicherlich einen Meter hoch und sehr bauchig. Außen war sie mit chinesischer Malerei verziert. Der Fuß der Vase stand auf einem goldenen Sockel.

„Steckt da etwas drin?“, fragte Tessi.

„Nein, ich glaube nicht“, sagte Zorro und steckte seinen Arm vorsichtig in die Vase. „Nein, soweit ich fühlen kann, ist da nichts drin.“

„Guten Tag.“

Tessi und Zorro fuhren herum. Hinter ihnen stand Frau Linde. Sie sah genauso aus, wie sie Frau Linde am Vortag kennengelernt hatten. Nur waren ihre Haare nun zu einem Dutt zusammengesteckt.

„Hallo, Frau Linde“, begrüßte sie Zorro und bemühte ein Lächeln.

„Kann ich helfen, ist euch etwas in die Vase gefallen?“, fragte Frau Linde, wobei sie ihre Hände zusammenlegte.

„Nein, wir interessieren uns nur für diese Vase. Ein schönes Stück. Mein Bruder wollte nur einmal sehen, wie tief sie wirklich ist“, erklärte Tessi geistesgegenwärtig.

„Ach so, verstehe“, antwortete Frau Linde und lächelte. „Na, dann lass ich euch mal allein. Passt nur auf, dass die Vase nicht zerbricht. Das würde eurer Mutter sicherlich nicht gefallen.“

„Klar, machen wir“, versicherte Zorro. Tessi und er sahen Frau Linde nach, die in der Bibliothek verschwand.

„Meinst du, dass sie sich wirklich nur um die Vase sorgt?“, flüsterte Tessi.

Zorro zuckte mit den Schultern. Aber langsam verfestigte sich in ihm der Gedanke, dass es nur Frau Linde gewesen sein konnte, die er in der vergangenen Nacht gehört hatte. Wer sonst sollte in der Nacht durch die Flure geistern?

„Ich glaube, jetzt finden wir hier nichts mehr", sagte Zorro. Tessi stimmte ihm zu.

„Und, hast du schon Hausaufgaben?", fragte Zorro seine Schwester.

„Nein, noch nicht", antwortete Tessi.

„Ich auch nicht", sagte Zorro.

„Und was willst du dann machen?", fragte Tessi.

„Ich werde mich wohl um den Wettbewerb kümmern. Muss mal überlegen, was ich da vorbereiten kann."

Tessi nickte.

„Ach, und dann habe ich noch diese Verabredung heute Nachmittag. Lilly, Backe und Montag. Sie wollen ins *Zentrum* gehen. Das ist wohl so ein Jugendklub."

„Das klingt toll", sagte Tessi und lächelte, wobei Zorro ihre Enttäuschung nicht verborgen blieb.

„Willst du mit?", fragte er deshalb.

„Meinst du …?"

„Ja klar", sagte Zorro. „Lass uns zusammen gehen. Dann lernst du die anderen auch kennen."

„Gern", freute sich Tessi und strahlte nun über das ganze Gesicht.

„Okay, also, sagen wir, dass wir um fünfzehn Uhr losgehen", sagte Zorro, „bis dahin bastele ich noch ein bisschen an meinen Tracks herum."

„Okay“, sagte Tessi und reichte ihrem Bruder die Hand.

Dann hörten sie ihre Mutter, wie sie von unten nach ihnen rief. Das Mittagessen war fertig.

6. Der Klub

Das Gebäude, in dem sich der Jugendklub befand, lag direkt hinter der Kirche. Schon heute Morgen war Zorro diese Kirche aufgefallen. Es war ein kleines Gebäude aus roten Backsteinen. Um die Kirche herum waren schöne Beete angelegt, auf denen Stiefmütterchen, Narzissen und andere Blumen blühten. Durch die Beete führte ein kleiner Kiesweg, an dem zwei Bänke zum Ausruhen standen. Die Beete lagen im Schatten der großen Kastanien und Eichen, die rund um die Kirche emporragten. Sie mussten bestimmt 200 oder 300 Jahre alt sein. Während Zorro und Tessi über den Kiesweg schlenderten, blickte Zorro hinauf zu den Kirchenfenstern. Er konnte die Darstellungen nicht genau erkennen, aber ihm gefielen die roten, blauen, grünen und gelben Fensterscheiben.

„Ich weiß noch, wie gern ich das Licht bei uns in der Kirche am Klosterstern gemocht habe“, sagte Tessi und sah zu den Fenstern hoch. „Wenn die Sonne durch die Scheiben fiel, dann gab es immer so schöne bunte Lichtflecke auf dem Boden.“

„Wann warst du denn in der St.-Nikolai-Kirche?“, fragte Zorro.

„Na, die ganzen Jahre. Immer mal wieder“, sagte Tessi. Gerade wollte Zorro noch etwas fragen, als sie unterbrochen wurden.

„Hey! Schön, dass du gekommen bist! Und wer ist das?", rief Lilly, die gerade mit dem Rad um die Ecke gebogen kam. Quietschend blieb sie vor Zorro und Tessi stehen.

„Das ist Tessi, meine Schwester", stellte Zorro sie vor. Tessi und Lilly begrüßten sich.

„Sehr schön. Freut mich, dass du mitgekommen bist. Und wie ich vermute, heißt du auch nicht wirklich Tessi?"

Tessi lächelte gequält und schüttelte dann den Kopf.

„Keine Sorge, du musst ihn mir nicht sagen", beruhigte Lilly sie.

„Ich habe ihr schon von unseren Namen erzählt", sagte Zorro. Lilly lachte und bedeutete den beiden, ihr zu folgen. Sie gingen auf ein kleines Haus neben der Kirche zu. Auch das Haus war aus roten Backsteinen gebaut und hatte ein dunkles Reetdach. Die Fenster des Hauses waren sehr klein, und als sie das Haus betraten, merkte Zorro, dass die Decken sehr niedrig waren.

„Es ist eine alte Bauernkate", erklärte Lilly. „Später hat der Pfarrer hier gelebt und heute ist es unser Jugendzentrum."

„Ist ja toll, dass die Kirche euch ein Haus gibt", sagte Zorro.

„Na ja, wir gehören ja auch irgendwie dazu", meinte Lilly und öffnete eine Tür, die in einen Saal führte. Der Raum war hell und die Decke reichte fast bis unters Dach. Die linke Wand bestand aus einer Glasscheibe, die von der Decke bis zum Boden reichte und so den Saal mit Tageslicht flutete. Am Kopfende des Saales war eine Bühne aufgebaut und an einem Gerüst, das auf der Bühne stand, hingen ein paar Scheinwerfer. Zorros Blick fiel zudem sofort auf die großen schwarzen Boxen am Bühnenrand. Zudem hingen noch zwei Lautsprecher oben am Gerüst der Bühne. Rechts und links hingen außerdem noch große Banner, auf denen *‚2. Dösterfelder Worship-Festival'* zu lesen war. Von der Bühne liefen die Kabel zu einem großen Mischpult am gegenüberliegenden Ende des Raumes. Ein Techniker stand hinter dem Pult und probierte etwas aus, wobei er unentwegt Kabel umsteckte. Zorro war beeindruckt. Eine solche Soundanlage hatte er in Dösterfelde bestimmt nicht erwartet.

Tessi hatte sich derweil mit Lilly zu einer Art Bar begeben und von Lilly eine Limonade bekommen. Zorro ging zu ihnen hinüber. Erst, als er selbst am Tresen stand, erkannte er den Barkeeper. „Hey, Montag“, begrüßte ihn Zorro und reichte dem Jungen die Hand.

„Warum hast du mir denn nicht gesagt, dass du so eine nette Schwester hast“, sagte Montag und lächelte Tessi zu.

„Weil sie nur auf den ersten Eindruck nett ist“, scherzte Zorro und zwinkerte mit dem Auge.

„Das sagt der Richtige!“, protestierte Tessi gespielt.

„Aber toll, dass ihr beiden gekommen seid!“, sagte Montag und goss sich selbst auch eine Limonade ein.

„Wann startet das Festival denn?“, fragte Zorro, ohne den Blick von der Bühne zu wenden.

„Erst in über einer Woche. Aber wir machen heute schon mal eine kurze Probe“, sagte Lilly.

„Wer tritt denn alles auf?“, erkundigte sich Zorro.

„Also wir haben eine Worship-Band, *His Voice,* dann eine Band aus dem Nachbarort, die sich *The Heaven-o-nauts* nennen, und einen Rapper, also mich. Dann wird wohl noch Pfarrer Brandt auftreten. Er spielt super Gitarre. Aber es wäre echt toll, wenn wir noch jemanden hätten", fügte Montag hinzu und schaute auffordernd zu Zorro.

„Was ist denn eine Worship-Band?", fragte Zorro und zog die Augenbrauen hoch.

„Eine Lobpreisband", erklärte Lilly.

„Lobpreis?" Zorro war immer noch völlig verwirrt.

„Lobpreis ist eine besondere Form des Gebetes. Es ist eine Ausdrucksmöglichkeit des christlichen Glaubens. Im Lobpreis erweist der Gläubige Gott Ehre und rühmt dessen Taten; in der Anbetung, lateinisch *adoratio*, verehrt er Gottes Wesen", sagte Tessi und lächelte ihrem Bruder zu. „Das müsste mein Bruderherz, der Musiker, doch wissen."

Zorro warf seiner Schwester ein gequältes Lächeln zu. „Dann ist euer Festival ein Gottesdienst?", fragte er irritiert.

„Kein Gottesdienst im eigentlichen Sinne, aber ein christliches Konzert", antwortete Lilly. Zorro nickte still und sah sich noch einmal um.

„Ich hab' eigentlich mit dem Glauben und so nicht viel am Hut", sagte er. „Also Jesus, klar, der ist schon in Ordnung, aber ich weiß nicht ..."

Lilly legte ihre Hand auf seinen Unterarm. „Das brauchst du auch nicht. Wir haben dich eingeladen, weil wir dachten, dass du neu im Ort bist und du vielleicht Lust hast, ein paar Leute kennenzulernen. Das ist alles."

„Und ich finde das sehr nett", sagte Tessi und lächelte Lilly zu. „Ich freue mich auf das Konzert!"

„Klar, logo“, sagte Zorro. „Also wir kommen natürlich gern.“

„Und trittst du auf?“, fragte Montag und sah Zorro herausfordernd an. „Du willst mich doch nicht allein lassen, oder?“

„Ja, aber ...“, sagte Zorro und blickte fragend zu Tessi.

„Wie gesagt, wir freuen uns, wenn du auftrittst. Es macht nichts, dass du keine christlichen Texte hast.“

„Na gut, dann werde ich sehen, was ich machen kann“, sagte Zorro.

„So kenne ich meinen Bruder“, freute sich Tessi und schaute anerkennend zu ihrem Bruder auf.

„Und weißt du schon, was du für den Wettbewerb machen willst?“, hakte Montag nach.

„Nein, noch gar nicht“, musste Zorro zugeben. „Damit werde ich mich die nächsten Tage beschäftigen. Es muss halt richtig gut sein. So richtig eben. Ich muss das gewinnen, unbedingt.“

Die anderen sagten nichts.

„Hey Leute, hab’s doch noch geschafft!“, hörten sie eine Stimme rufen. Sie gehörte zu Backe, der gerade mit hochrotem Kopf und einem Skateboard unter dem Arm den Saal betrat. Seine Hose hing tief und gab den Blick auf seine Boxershorts frei. Seine Jacke hing nur noch über eine Schulter und auch sein Rucksack hing nur noch in einer Armbeuge. Schweiß tropfte von seiner Stirn auf den Boden.

„Was ist dir denn passiert? Du siehst aus, als hättest du einen Marathon hinter dir.“

„Hey, ich bin den ganzen Weg von Ujenrath bis hierher mit dem Skateboard gefahren“, rechtfertigte sich Backe keuchend. „Ist die Lichtanlage schon an?“

„Glaube schon“, sagte Montag und deutete auf das Pult.

„Wann kommt die Band?“, fragte Backe und ließ Skateboard und Rucksack fallen.

„Die sollten jeden Moment hier sein“, meinte Lilly und sah zur Tür.

„Okay, gibst du mir dann noch ein Wasser?“, wandte sich Backe an Montag. Der nickte und holte eine Flasche aus einem Kühlschrank.

Für einen Moment herrschte Stille. Plötzlich hatte Zorro das Gefühl, als würde jemand unmittelbar hinter ihm stehen. Blitzschnell drehte er sich um. Direkt hinter ihm stand zwar niemand, aber er hatte trotzdem das Gefühl, einen Schatten gesehen zu haben. Ohne eine Sekunde zu zögern, drehte Zorro sich um und lief aus dem Saal. Die Rufe seiner Freunde hörte er gar nicht mehr. Er stürmte durch den Vorraum, wo ihm ein erwachsener Mann aus dem Haus entgegenkam. Draußen blickte er schnell nach rechts und links, konnte aber auf den ersten Blick niemanden sehen. Dann lief er in die Richtung, wo er die große Scheibe vermutete. Wenn ihn jemand beobachtet hatte, dann würde derjenige vielleicht noch dort im Gebüsch warten, bis die Luft rein war. Kurz vor der Hausecke, hinter der sich die große Scheibe befand, verlangsamte Zorro seine Schritte und schlich sich heran. Vorsichtig sah er um die Ecke. Es war niemand zu sehen. Aber vielleicht hatte derjenige sich auch in einem der Büsche versteckt? Vorsichtig ging Zorro einen Schritt weiter. Dabei nahm er seinen Blick nicht von den Büschen. Es durfte ihm kein Zucken, kein Knacken entgehen.

Aus dem Augenwinkel bemerkte Zorro, wie seine Freunde ihn von drinnen beobachteten. Was mochten sie wohl denken? Dass er verrückt geworden sei? Darum konnte Zorro sich jetzt nicht kümmern. Er musste ihnen beweisen, dass er jemanden gesehen hatte, dass die Sache mit dem Schatten keine Einbildung war. Und das konnte er nur, wenn er denjenigen finden würde, der ihm nachschlich. Doch während er das dachte, kam es ihm selbst so vor, als würde er spinnen. Nein, er war nicht verrückt. Konzentriert sah Zorro auf die Büsche und machte einen Schritt vor. Es war nichts zu hören. Was, wenn derjenige nun aus dem Busch auf ihn zugesprungen käme? Zorro hatte nichts in der Hand, um sich zu verteidigen. Überhaupt war er gerade erst vierzehn. Wie sollte er sich da gegen einen Erwachsenen wehren?

Für den Bruchteil einer Sekunde bereute er seine Entscheidung, seine Freunde nicht mitgenommen zu haben. Wieder bemerkte er, dass seine Freunde ihm Handzeichen machten. Für eine Sekunde sah er zu ihnen. Tessi schien ihn zu fragen, ob sie kommen sollte. Er schüttelte den Kopf. Nein, nun wollte er ihnen beweisen, dass er keine Wahnvorstellungen hatte, und das musste er allein tun. Kurz überlegte er, ob er demjenigen etwas zurufen sollte. Vielleicht „Kommen Sie aus dem Gebüsch", oder etwas Ähnliches. Aber dann verwarf er den Gedanken. Er machte einen weiteren Schritt. Und dann passierte es. Eine Amsel kam aus dem Gebüsch, sah ihn und flog davon. Danach war es wieder still. War das etwa nur die Amsel gewesen? War sie es gewesen, die er vorhin an der Scheibe gesehen hatte? Vielleicht war sie an der Scheibe vorbeigeflogen und hatte dabei einen Schatten geworfen. Einen Schatten, der für Zorro ausgesehen hatte wie ein menschlicher Schatten? Nein, er war sich ganz sicher. Es war ein Mensch gewesen. Vorsichtig setzte Zorro noch einen Schritt nach vorn, aber er ahnte schon, dass nichts mehr passieren würde. So war es dann auch. Wenige Minuten später hatte er das gesamte Gebüsch umrundet und nichts gefunden.

„Können wir dir irgendwie helfen?", rief Lilly plötzlich hinter ihm. Zorro drehte sich um. Er schüttelte den Kopf.

„Was sucht mein Bruderherz denn?", fragte Tessi und ließ ihren Blick über die Büsche wandern.

„Nichts, nichts", sagte Zorro und kam zu seinen Freunden zurück.

„Nichts?", fragte Tessi skeptisch.

„Ach, nicht so wichtig", meinte Zorro. „Lasst uns wieder reingehen."

Als sie das Haus wieder betreten hatten, hörte Zorro, wie Lilly ihm ins Ohr raunte: „Du hast den Schatten wieder gesehen, stimmt's?"

Zorro sah zu ihr. Er nickte. Und er war erleichtert, denn in Lillys Blick konnte er sehen, dass sie ihm glaubte. Sie lächelte zurück.

„Wir reden später darüber", sagte sie und betrat den Saal. Mittlerweile herrschte ein noch regeres Treiben. Der Mann, der Zorro vorhin entgegengekommen war, stand nun an der

Theke und unterhielt sich mit Montag. Er war groß, schlank, hatte einen hellen Vollbart und eine runde Brille. Er trug einen schlabbrigen Pulli und Jeans. Über seiner Schulter baumelte ein Lederbeutel.

„Hey, Zorro, komm her", rief Montag und deutete auf den Mann vor dem Tresen. „Das ist unser Pfarrer."

Zögerlich reichte Zorro dem Mann die Hand.

„Hallo, ich bin Andreas", stellte sich der Mann vor und lächelte Zorro an.

„Hi, ich bin Zorro."

„Ihr seid neu in Dösterfelde, oder?", erkundigte sich der Pfarrer und sah abwechselnd zu Zorro und Tessi, die sich neben Zorro gerollt hatte.

„Ja, wir sind erst seit ein paar Wochen hier", antwortete Tessi.

„Wenn ich mich recht erinnere, kommt ihr aus Hamburg?", fragte der Pfarrer.

„Ja, das stimmt", sagte Zorro verwundert. Woher wusste der Pfarrer das?

Andreas schien Zorros Verwunderung zu bemerken.

„Keine Angst, ich habe euch nicht nachspioniert. Es ist nur so, dass ich im Gemeinderat sitze und als Schloss Döster verkauft werden sollte, wurden wir darüber unterrichtet. Dabei wurde uns auch gesagt, wer dort einziehen wird. Ich hoffe, dass ihr euch gut eingelebt habt?"

„Ja, sehr gut", bestätigte Tessi erfreut.

„Ja, im Grunde schon", sagte Zorro, weit weniger enthusiastisch. Auch das entging dem Pfarrer nicht.

„Das kann ich verstehen. Ihr kommt aus Hamburg, einer Weltstadt, und dann seid ihr plötzlich hier. In Dösterfelde. Das muss euch wie die tiefste Provinz vorkommen?“

„Ist es doch auch“, sagte Backe und lachte.

„Na ja, irgendwie schon. Ich meine, in Hamburg ist halt vieles anders als hier. Und zudem hatte ich da viele Freunde“, erklärte Zorro und sah zu Lilly, Backe und Montag.

„Hey, du musst dich doch nicht rechtfertigen“, sagte Lilly. „Das ist doch das Normalste überhaupt. Wenn ich hier wegziehen würde, wäre ich ebenso wenig begeistert. Ich komme aus Dösterfelde und habe hier meine ganze Kindheit verbracht.“

„Hört, hört die weisen Worte der Klubvorsitzenden“, witzelte Montag, während er ein Glas abtrocknete.

„Ach, was willst du denn jetzt sagen?“, sagte Lilly gespielt empört.

„Nur dass ich weiß, wovon Zorro redet“, erklärte Montag und stellte das Glas ab. „Ich bin schließlich auch erst vor fünf Jahren hierhergekommen.“

Der Pfarrer nickte und sagte: „Ich erinnere mich noch gut daran. Deine Eltern waren sehr erleichtert.“

„Was war denn los?“, fragte Tessi nun sehr interessiert. „Ich meine, wenn du es sagen magst?“

„Klar.“ Montag nickte und machte einen Satz auf den Tresen. Dann beugte er sich zu Tessi: „Meine Eltern stammen aus Somalia. Mein Vater war dort selbst Pfarrer einer kleinen Gemeinde. Doch es gab immer wieder Vorfälle.“

„Was für Vorfälle?“, wollte Zorro wissen.

„Es gibt viele Gruppen in Somalia, die keine Christen mögen. Sie sehen sie als Bedrohung an. Deshalb tun sie alles, um es den Christen im Land so schwer wie möglich zu machen. Eine richtige Polizei gibt es nicht, und die Regierung tut nichts, um die Christen zu schützen. Irgendwann hatten meine Eltern so viel Angst, dass sie beschlossen, das Land zu verlassen. Sie sind dann zuerst nach Gambia gereist, wo ein Onkel von mir als Professor an einer Universität gearbeitet hat. Dort bin ich geboren worden. Aber sie durften nur ein paar Monate in Gambia bleiben. Da sie zu große Angst hatten, nach Somalia zurückzukehren, haben sie in Deutschland Asyl beantragt. Seitdem leben wir hier."

„Wow, was für eine Geschichte. Und was machen deine Eltern jetzt?", fragte Tessi.

„Mein Vater arbeitet für eine Hilfsorganisation und meine Mutter ist Krankenschwester", sagte Montag.

„Ihr seht also, unser kleines Dösterfelde ist ganz schön international", scherzte Backe und rückte sich das Baseballcap zurecht.

„Das ist wirklich dramatisch", sagte Zorro. „Klar, so dramatisch ist unsere Geschichte natürlich nicht. Na, wir werden sehen. Irgendwie werden wir uns hier schon einleben."

Zorro merkte selbst, dass das nicht überzeugend klang. Dann dachte er erneut an Tessi, und dass es für sie hier so viel besser war als in Hamburg. Zorro schämte sich irgendwie. Tessi ging es hier gut und er dachte nur daran, wie er so schnell wie möglich wieder nach Hamburg kommen konnte.

„Zorro macht übrigens bei einem Hip-Hop-Wettbewerb mit“, erzählte Montag dem Pfarrer und warf einen Blick auf Zorro.

„Nein … also … vielleicht. Weiß ich ja noch nicht“, stammelte Zorro. Er wollte lieber nicht darüber sprechen.

„Das klingt doch toll!“, sagte der Pfarrer. „Worum geht es denn dabei?“

„Um eine Studioproduktion mit Johnny D.“, antwortete Montag, bevor Zorro etwas sagen konnte.

„Den kenne ich zwar nicht, aber ich nehme an, dass er für die Hip-Hop-Szene wichtig ist?“

„Es ist mein Lieblingsrapper und MC“, bestätigte Zorro. „Es würde mir sehr viel bedeuten, wenn ich da mitmachen könnte.“

„Wieso könnte?“, mischte Lilly sich nun ein.

„Weil ich hier keine Technik habe und auch keinen Raum, in dem ich gut produzieren kann“, antwortete Zorro leicht niedergeschlagen.

„Wie, im Schloss habt ihr nicht genug Räume?“, fragte Backe.

„Doch, natürlich schon. Aber es hallt unheimlich. Und die Böden knarzen. So kann man nicht aufnehmen. Ich bräuchte einen Raum, in dem es nicht hallt.“

„Das Fotolabor!“, platze es aus Lilly heraus.

„Stimmt!“, bekräftigte Montag. „Der Raum ist absolut trocken und schalldicht.“

„Und wir haben ihn lange nicht mehr genutzt“, ergänzte der Pfarrer. „Also, wenn du willst, kannst du da gerne rein, um deinen Song aufzunehmen.“

„Das klingt zwar gut“, sagte Zorro, „aber ich habe ja keine Technik. Ich bräuchte ein Mischpult und Boxen und Mikros und solche Sachen.“

„Klar, verstehe“, sagte der Pfarrer. „Also, der Verleih, von dem wir die Anlage hier für das Festival bekommen, bietet auch Aufnahmetechnik an. Ich habe noch etwas bei ihm gut. Vielleicht gibt er mir die Sachen ja für ein oder zwei Tage. Würde das reichen?“

„Das wäre Hammer“, platzte es aus Zorro heraus.

„Na, dann will ich es einmal versuchen.“ Pfarrer Andreas warf Zorro einen aufmunternden Blick zu. „Allerdings wird das wohl erst nach dem Festival gehen.“

„Was?“, platzte es aus Zorro heraus. Das war zu spät! Er hatte nur knapp eine Woche.

„Ist das zu spät?“, fragte der Pfarrer.

Zorro nickte.

„Das tut mir leid“, sagte der Pfarrer.

„Kopf hoch, Zorro“, beruhigte ihn Lilly. „Wir überlegen uns etwas. Irgendwie kommst du schon zu deinem Song.“

„Danke.“ Zorro bemühte sich um ein Lächeln. Er wusste nicht, warum hier alle so nett zu ihm waren, aber es fühlte sich gut an.

„Hey, und wenn du noch einen Rapper brauchst, bin ich dabei“, sagte Montag.

„Danke, darauf komme ich zurück.“

„Aber alles nur unter einer Bedingung“, mischte Lilly sich nun wieder ein.

„Und die wäre?“, fragte Zorro.

„Du musst an unserem Festival hier auftreten“, verlangte Lilly und schaute in die Runde.

„Ja, ich bin auch dafür“, meinte Backe von seinem Platz hinter dem Tresen.

„Stimmt“, sagte Montag, „gute Idee.“

Zorro blickte um sich und wusste, dass jeder Widerspruch zwecklos war. Dann nickte er und sagte: „Okay, abgemacht.“

Alle reichten sich daraufhin die Hände.

7. Tiefer Schlaf

Eine Stunde später hatten Zorro und Tessi beschlossen zu gehen. Backe und Lilly wollten noch bleiben, da sie beim Soundcheck von *His Voice* zusehen wollten. Aber Montag, der nichts weiter zu tun hatte, bot sich an, Tessi und Zorro nach Hause zu begleiten. Zudem war er auch neugierig, wie das Schloss aussah, was er rundheraus zugab.

Sie schlenderten wieder rund um die Beete bei der Kirche und gingen dann eine enge Gasse entlang. Zorro schob Tessi über die unebenen Wege. Die Reetdächer reichten bei manchen Häusern bis zu Zorros Kopf herunter. Manchmal musste man sich sogar bücken, um die Fenster der Häuser zu sehen. In manchen standen Blumen oder es rekelte sich eine Katze auf der Fensterbank. Die Türen waren ebenfalls niedrig und an den meisten prangte noch ein Türklopfer aus Messing. Vor den Häusern standen oftmals Blumen in alten Zinkwannen oder eine alte Holzleiter diente als Stellplatz für Blumentöpfe. Die Straße selbst war mit runden Kopfsteinen gepflastert. Es roch nach Heu oder Kuhmist und aus manchen Ställen hörten sie das Muhen der Kühe, die auf das Melken warteten. Die Sonne stand bereits tief und tauchte die Felder, die sich über die Hügel im Osten zogen, in ein tiefes Orangerot. Zorro mochte diese Abendstimmung, auch wenn ihm hier alles viel zu still war. Wie auf ein Stichwort bellte in diesem Moment in einem Hof ein Hund, und als sie an die nächste Querstraße kamen, rumpelte ein Traktor mit Anhänger vorbei. Es schliefen doch noch nicht alle in Dösterfelde.

„Deine Geschichte finde ich ganz schön aufregend“, sagte Zorro zu Montag.

„Aufregend?“

„Ja, vielleicht nicht das richtige Wort“, verbesserte Zorro sich. „Also, ich kann mir das nur schwer vorstellen, wie es ist, so verfolgt zu werden.“

„Ich habe es ja auch nicht selbst erlebt, aber meine Eltern sind davon sehr geprägt. Die Familie meines Vaters lebt seit Jahrhunderten in Somalia. Sein Vater war sogar einst Dorfvorsteher. Und dann brach irgendwann alles auseinander. Ein Bürgerkrieg begann. Bis heute ist er nicht wirklich vorbei. Es gibt keine richtige Regierung und keine Sicherheit. Und Christen waren besonders betroffen. Man hat meinen Eltern alles weggenommen. Erst wurden ihnen nur Hühner gestohlen oder ein Rückspiegel vom Moped. Aber dann eines Tages brannte ihr Stall und niemand kam, um ihnen beim Löschen zu helfen. Später zeigte jemand sie bei der Polizei an, weil meine Mutter angeblich eine Ziege gestohlen hätte. Das war natürlich erfunden. Einige Tage danach wurde das Fenster meiner Eltern mit einem Stein eingeworfen. An dem Stein befand sich ein Zettel und auf dem stand eine Drohung. Meine Eltern sollten das Dorf sofort verlassen – oder es würde etwas Schlimmes passieren. Das war genug für meine Eltern und sie beschlossen zu fliehen.“

„Ich wüsste gar nicht, was ich da machen würde", sagte Tessi und legte den Kopf zur Seite.

„Das wussten meine Eltern zuerst auch nicht", erzählte Montag. „Das Leben in Somalia war schon so schwer geworden, dass man nicht einfach zum Flughafen gehen konnte, um wegzufliegen. Entweder waren die Flugzeuge kaputt oder gestohlen. Busse fuhren ebenfalls nur selten und man musste immer Angst haben, überfallen zu werden. Da wandte sich mein Vater an seinen Bruder in Gambia. Der kümmerte sich. Es war dann eine christliche Hilfsorganisation aus Deutschland, die meinen Eltern half und sie nach Gambia brachte. Sie war es auch, die meine Eltern und mich später aus Gambia nach Deutschland holte."

„Was für eine Geschichte", meinte Zorro und sah dabei nachdenklich auf den Boden. „Ich hätte da große Angst gehabt."

„Das hatten meine Eltern auch. Sie haben viel Schlimmes gesehen. Aber immer, wenn mein Vater über diese Zeit spricht, dann holt er ein kleines Amulett hervor, das er immer um den Hals trägt. Darauf steht ein Psalm aus der Bibel. Der lautet: *Der Herr ist mein Hirte; mir wird nichts mangeln. Er weidet mich auf grünen Auen und führt mich zu stillen Wassern. Er erquickt meine Seele, er führt mich auf rechter Straße* ... Na ja und so weiter. Das hat ihnen Kraft gegeben. Meine Eltern sind ziemlich gläubig."

„Und du?", fragte Tessi unverhofft.

„Ja, ich auch", antwortete Montag ohne zu zögern. „Aber nun zu euch. Was machen eure Eltern?"

Zorro und Tessi sahen sich an. Dann berichteten sie von ihrem Vater, der als Bücherwurm kaum aus seinem Büro herauskam und ihrer Mutter, die die Sache mit dem Adelstitel immer ein wenig zu ernst zu nehmen schien. Sie erzählten von der großen Wohnung in Hamburg-Eppendorf, ihren Freunden, den Urlauben in Italien und sprachen über Musik. Sie lachten viel und waren so vertieft in ihr Gespräch, dass sie gar nicht die Gestalt bemerkten, die sich nur wenige Meter vom Schloss entfernt schnell hinter einer Eiche versteckte, als die drei Teenager die Auffahrt hochgelaufen kamen.

„Hast du noch Lust, kurz mit reinzukommen?“, fragte Zorro Montag.

„Ein anderes Mal gern“, erklärte Montag. „Aber ich sollte jetzt lieber nach Hause, sonst machen sich meine Eltern zu große Sorgen.

„Alles klar“, sagte Tessi und lächelte. „Dann bis spätestens Donnerstag!“

„Genau“, bestätigte Montag, machte ein paar Schritte rückwärts, winkte und drehte sich zum Gehen um.

„Na, dann gehen wir rein, Schwesterherz“, sagte Zorro und schob Tessi über die Rampe und durch das schmiedeeiserne Tor auf dem Vorplatz.

„Na, da seid ihr ja!“, hörten sie eine vertraute Stimme und konnten es kaum glauben. Ihr Vater saß auf einem der Gartenstühle an einem kleinen Tisch unterhalb der Buche neben dem Haupttor. Er hatte seine Brille auf die Nase geschoben, hielt einen Bleistift in der Hand und hatte vor sich auf dem Tisch drei Manuskripte liegen.

„Was ist passiert, hat Mama dich rausgeschmissen?“, fragte Tessi und bedeutete ihrem Bruder, sie herüberzuschieben.

„Nein, nein“, lachte ihr Vater. „Ich dachte nur, der Nachmittag ist so schön, dass ich ihn gern draußen verbringen wollte. Es ist doch herrlich, oder nicht?“

Das war es in der Tat. Die Luft war frisch und mild und außer den Geräuschen des raschelnden Laubes und einiger Vögel war weit und breit nichts zu hören. Seltsam, dachte Zorro, in Hamburg hatte sein Vater nie das Bedürfnis gehabt, nach draußen zu gehen. Aber dann hatten sie dort auch keine Buche, unter der man sitzen konnte. Sie hatten nicht einmal einen Garten. Vielmehr hörte man die Autos vor dem Haus vorbeifahren oder die Sirenen der Polizei- und Rettungswagen, das Hupen der Lastwagen. Sollte es tatsächlich wahr sein, dass seinem Vater das Landleben wirklich gefiel? Hatte er es vielleicht sogar all die Jahre vermisst, einmal draußen im Garten zu sitzen? Zorro setzte sich zu seinem Vater an den Tisch und auch Tessi rollte heran.

„Ist etwas dabei?“, erkundigte sich Zorro. Er interessierte sich zwar nicht wirklich für die Bücher, die sein Vater verlegte, aber er wusste, wie viel sie ihm bedeuteten.

„Ja, hier, das eine. Das liest sich ganz gut. Ein Abenteuerroman über einen Jungen, der in einem alten Schloss eine geheime Tür entdeckt und dadurch in die Welt der Drachen gelangt. Das ist gut geschrieben. Aber ansonsten ist nicht viel dabei“, sagte sein Vater und seufzte. Dabei richtete er sich auf und drückte den Rücken durch. „Morgen kommt übrigens der Möbelwagen mit den fehlenden Büchern.“ Zorro und Tessi nickten. „Ach, ich soll euch von eurer Mutter sagen, dass sie heute später kommt. Die Frau Rinde hat euch wohl etwas gekocht."

„Linde", korrigierte Tessi.

„Was?", fragte ihr Vater.

„Frau Linde", wiederholte Tessi. „Sie heißt Frau Linde."

„Ach so, ja, natürlich", sagte ihr Vater und sah abwechselnd zu Zorro und Tessi. „Also, das Essen steht in der Küche. Eure Mutter ist noch bei der Innenarchitektin, um über die Renovierung der Bibliothek und des Salons zu sprechen. Sie kommt dann gegen 20 Uhr zurück."

„Alles klar", sagte Zorro und erhob sich wieder. Dann hielt er für einen Moment inne: „Papa, dir ist nicht zufällig heute etwas aufgefallen?"

Sein Vater sah unsicher zu Zorro: „Nein, was meinst du denn? Hast du die Haare anders? Oder ist der Pulli neu?"

„Nein, das meine ich nicht. Ich meine, ob du jemanden gesehen hast?"

„Außer dir und Frau Blinde?"

„Linde."

„Was?"

„Frau Linde."

„Ja, natürlich, Linde. Also nein, sonst habe ich niemanden gesehen", sagte sein Vater. Es wunderte Zorro nicht. Sein Vater war viel zu abgelenkt durch die Manuskripte.

„Danke", meinte Zorro, ohne jedoch recht zu wissen, wofür. Dann ergriff er Tessis Rollstuhl und die beiden Geschwister machten sich auf den Weg zum Haus. Während er Tessi die Rampe hinaufschob, dachte Zorro nach.

„Was geht in dir vor?“, fragte Tessi rundheraus.

„Ach, viel“, sagte Zorro nur.

„Denkst du wieder daran, wie du möglichst schnell nach Hamburg zurückkommen kannst?“, fragte Tessi.

Seltsam, daran hatte Zorro gerade nicht gedacht. Nein, vielmehr dachte er noch immer an den Mann, den er gestern aus dem Fenster beobachtet hatte, und die Schatten, die ihm heute aufgefallen waren. Womöglich stimmte es wirklich und er bildete sich das alles nur ein. Vielleicht hatte Lilly recht, wenn sie sagte, dass hier eben nicht viel passierte. Möglicherweise hatte sein Unterbewusstsein ihm deshalb die Schatten vorgegaukelt, um alles etwas aufregender zu machen? Aber den Mann in dem Busch hatte er gesehen, daran bestand kein Zweifel.

„Nein, jetzt gerade denke ich nicht daran“, sagte er und schob Tessi in die Küche. Frau Linde saß am Tisch und löffelte eine Suppe.

„Ach, da seid ihr ja“, sagte sie freundlich. Zu freundlich, wie Zorro fand. „Setzt euch doch. Ich mache euch eben eure Suppe warm.“ Damit sprang sie auf und lief hinüber zu dem großen Herd, auf dem ein kupferner Topf stand. Der Herd sah aus wie aus einem Märchen, fand Zorro. Er war aus schwarzem Gusseisen oder Stahl und die Kochplatten waren schwer und rußig. Um den Herd herum verlief ein Handlauf aus Messing, über den die Handtücher gehängt waren. Über dem Herd befand sich ein großer schwarzer Abzug. Für Zorro sah es so aus, als würde jeden Moment der Jäger durch die Holztür kommen und sein erlegtes Wildschwein vor ihm auf den schweren Eichentisch ablegen, während Frau Linde die Klappen am Herd öffnen würde, um Kohle nachzulegen. Aber der Herd war wohl moderner als er aussah.

An der Wand rechts des Herdes hingen verschiedene Kupfertöpfe und Pfannen. Darunter befand sich ein schwerer Eichentisch mit kräftigen Beinen. Darauf hatte Frau Linde die Zutaten für die Suppe geschnitten, wie das große Messer darauf verriet. Zorro ließ sich in seinen Stuhl sinken und blickte nach draußen. Das Licht, das durch die Sprossenfenster in die Küche fiel, verlieh dem Raum eine unwirkliche Stimmung. Zorros Blick verharrte für einen Moment auf den Kräutern, die seine Mutter vor das Fenster gestellt hatte, und fiel dann auf den schwarz-weiß gekachelten Fußboden. So sah der Boden wie ein Schachbrett aus. Dann hörte er das Klappern der Teller, als Frau Linde diese vor ihm und Tessi abstellte.

„So, dann lasst es euch einmal schmecken", sagte sie aufgeregt und rieb ihre Hände an der Schürze ab.

„Na, nun esst schon!", forderte sie die beiden auf, um dann schnell wieder zum großen Kühlschrank zu eilen.

„Möchtet ihr eine Cola oder lieber Wasser?", rief sie vom Kühlschrank her.

„Ich nehme eine Cola!", rief Zorro und auch Tessi wollte eine.

Dann aßen sie die Suppe, die fad und geschmacklos war. Erneut fragten die beiden sich, wie ihre Mutter nur an Frau Linde geraten war. Oder stimmte es, dass Frau Linde sich einfach beworben hatte? Aber woher konnte sie wissen, dass sie eine Haushälterin suchen würden? Frau Linde kam nicht aus dem Ort und ihre Mutter hatte zuvor keine Anzeige aufgegeben. Doch dann riss Zorro sich aus seinen Gedanken. Wenn er so weitermachte, würde er noch verrückt werden. Er konnte doch nicht hinter jedem und allem eine Verschwörung vermuten …

Zorro gähnte. Er war hundemüde, obwohl es erst 19 Uhr war. Auch Tessi sah sehr erschöpft aus. Sie nickten sich zu, dann stand Zorro auf.

„Danke, Frau Linde, für die Suppe!"

„Ja, danke. Sehr lecker!", pflichtete Tessi ihm bei und Zorro raunte ihr ins Ohr: „Du sollst doch nicht lügen." Tessi lachte.

Nachdem er Tessi in ihr Zimmer gebracht hatte, ließ Zorro sich auf sein Bett fallen. Er verschränkte die Hände hinter seinem Kopf und dachte nach. Eigentlich war der erste Schultag doch gut gelaufen und er hatte gleich drei neue Freunde gefunden. Lilly, Montag und Backe waren wirklich klasse, das musste er zugeben. Sie hatten ihn sofort in ihren Kreis aufgenommen. Nur die Sache mit dem Glauben irritierte ihn. In Hamburg hatte Zorro nie mit Christen zu tun gehabt. Gut, er war Weihnachten in die Kirche gegangen, weil man das eben so machte. In der Grundschule hatte er sogar mal einen Hirten im Krippenspiel gegeben. Aber deshalb glaubte er doch nicht gleich an Gott. Es war immer ein schönes Märchen für ihn gewesen. Die Menschen waren verzweifelt und dann wurde ein Kind geboren, das alles wieder heil machen sollte. So eine Art Superheld. Es war wie in den Comicheften. War Superman nicht auch als Kind von Krypton auf die Erde gekommen? Ja, Jesus war eben so eine Art Superman, aber deshalb musste man doch nicht gleich in die Kirche rennen.

Für einen kurzen Moment fragte Zorro sich, ob Montag und Lilly ihn nur eingeladen hatten, um ihn zu missionieren, oder wie hieß das? Aber dann verwarf er den Gedanken wieder. Lilly hatte ihm nicht das Gefühl vermittelt, dass sie ihn missionieren wollte. Auch der Pfarrer schien ganz in Ordnung zu sein. Völlig anders, als Zorro Pfarrer in Erinnerung hatte. Und dann dachte Zorro wieder an Montag und die Geschichte seiner Eltern. Die dramatische Flucht aus Afrika. Hier in Deutschland konnte man sich das gar nicht vorstellen. Das Land zu verlassen, weil man den falschen Glauben hatte? Plötzlich musste Zorro tiefer darüber nachdenken. Hier war er an Weihnachten und manchmal zu Ostern in die Kirche gegangen, hatte die Lieder mitgesungen und den Kopf geneigt, wenn der Pfarrer das Vaterunser sprach. Dabei war er aber mit seinen Gedanken meist ganz woanders gewesen. Seine Eltern bezeichneten sich zwar als Christen, aber ob sie wirklich glaubten, wusste Zorro nicht. Der Glaube spielte in ihrem Leben einfach keine Rolle. Für Montags Eltern war das vollkommen anders gewesen. Für sie spielte der Glaube eine besonders große Rolle. Er hatte ihr Leben verändert. Sie mussten Familie und Freunde zurücklassen und in ein fremdes Land gehen, eine neue Sprache lernen und mit dem Winter klarkommen. Nur, weil sie Christen waren. Für einen Moment grübelte Zorro noch weiter, dann schlief er ein.

8. Der seltsame Fremde

Zorro konnte sich nicht genau erinnern, wann er eingeschlafen war. Als er aufwachte, war es draußen stockdunkel. Er rieb sich die Augen und stand auf. Was war geschehen? Wieso war er so früh eingeschlafen, dass er nun mitten in der Nacht wieder aufwachte? Vielleicht lag es am ersten Schultag oder dem langen Spaziergang mit Montag und Tessi. Die Landluft sollte ja bekanntlich müde machen. Im Schloss war es vollkommen still. Nur das regelmäßige Ticken der großen Standuhr im Flur drang dumpf zu ihm durch. Zorro ging hinüber zum Fenster. Der Mond stand voll und hell am nachtschwarzen Himmel. Nur vereinzelt waren Sterne zu sehen. Staubgraue Wolkenfetzen zogen über den Himmel und verliehen der ganzen Szene etwas Unheimliches.

Zorro wischte sich eine Haarsträhne aus dem Gesicht und rieb sich die Augen. Dann gähnte er ausgiebig und ließ sich in seinen Schreibtischstuhl fallen. Wie spät mochte es sein? Er sah auf die Uhr. Es war gerade halb drei. In viereinhalb Stunden musste er wieder aufstehen. Aber an Schlaf war gerade nicht zu denken. Seine Eltern und Tessi würden sicherlich gerade tief und fest schlafen, aber er selbst war dafür nun zu wach. Also begann er, mit einem Bleistift auf einem Blatt Papier herumzukritzeln. Vielleicht würde ihm zu dieser frühen Stunde etwas Gutes für den Wettbewerb einfallen? Eine Hookline oder ein guter Text? Er schrieb ein paar

Gedanken auf, zerknüllte das Papier dann aber und warf es in den Mülleimer. Bis Freitag musste ihm unbedingt etwas eingefallen sein. Dann ging er dazu über, ein paar Minuten über sein Set für Donnerstag nachzudenken. Er konnte sicherlich vier oder fünf Songs bringen. Das müsste reichen. Mehr hatte er auch nicht. Gut, vielleicht noch zwei oder drei mehr, aber deren Texte waren nicht geeignet für ein christliches Festival.

Da plötzlich sah Zorro ein Licht im Garten. Sofort sprang er auf, wobei er noch den Stuhl umwarf. Für einen Moment blieb Zorro einfach nur stehen. Doch es war nichts im Haus zu hören. Dann sah er durch sein Fenster hinaus in die Nacht. Er konnte nichts erkennen. Zorro öffnete das Fenster und beugte sich hinaus. Noch immer war nichts zu sehen. Zorro rührte sich kein bisschen, sondern starrte bewegungslos in die Dunkelheit. Für einen Moment kamen ihm Zweifel. Vielleicht hatte er ja nur die Scheinwerfer eines Autos gesehen, das auf der Landstraße vorbeigefahren war? Doch dann verwarf er diesen Gedanken. Er war sich vollkommen sicher, dass es sich um eine Taschenlampe gehandelt hatte. Der Lichtstrahl hatte wie der einer Taschenlampe ausgesehen. Zudem war es nur ein Lichtkegel gewesen, nicht zwei wie bei einem Auto. Und ein Motorrad hätte er sicherlich gehört. Und dann war der Lichtstrahl auch noch von schräg unten auf sein Fenster gefallen. Die Straße war hingegen bestimmt hundert Meter weit weg.

Langsam ließ er seinen Blick über die Büsche gleiten. Doch es bewegte sich nichts. In ihm reifte nun die Erkenntnis, dass er im Garten selbst nachsehen musste. Doch dieses Mal würde er nicht einfach so losstürmen wie am gestrigen Nachmittag im Jugendklub. Er würde sich etwas mitnehmen, womit er sich zur Not verteidigen konnte. Er sah sich im Zimmer um und dann erblickte er den alten Hockeyschläger, den seine Eltern ihm zum achten Geburtstag geschenkt hatten. Damals hatte er noch Hockey gespielt. Der Schläger war zwar nicht sehr furchteinflößend, aber immer noch besser als nichts. Damit konnte er sich einen Angreifer wenigstens für ein paar Minuten vom Leib halten und darauf kam es ja nur an. Er schloss das Fenster und ging zum Regal, vor dem der Schläger stand. Er nahm ihn an sich, griff nach seiner Kapuzenjacke und verließ das Zimmer.

Draußen auf dem Flur blieb er kurz stehen und schaute sich um. Die zwei Wandlampen, die heruntergedimmt waren, spendeten ein wenig Licht. Es war niemand zu sehen. Für einen Moment fiel Zorros Blick auf die schweren Ölgemälde, die an der gegenüberliegenden Wand hingen. Darauf abgebildet waren die Freiherren oder Barone zu Döster-Waldberten. Schon am Tage sahen diese gespenstisch aus, aber jetzt im Halbdunkel waren die Konturen der darauf dargestellten Männer und Frauen richtig angsteinflößend. Zorro schlich zum Treppenabsatz und machte die ersten Schritte die Treppe hinunter. Die alte Holztreppe knarzte leise. Wieder blieb Zorro stehen und lauschte. Doch noch immer war nichts im Haus zu hören. Auch ihn schien niemand gehört zu haben. Dann beschleunigte er seinen Gang die Treppe hinunter. Unten angekommen, wandte er sich der Eingangstür zu. Für einen Moment zuckte er zusammen, als er eine menschliche Kontur wahrnahm. Doch er erinnerte sich schnell, dass diese nur zu einer der Ritterrüstungen gehören konnte. Dann hatte er die Eingangstür erreicht. Langsam drehte er den schweren Schlüssel im Schloss und öffnete die Tür. Draußen war es frisch. Der kühle Wind kroch Zorro sofort unter den Pullover und lies ihn frösteln. Zorro zog sich die Kapuze über den Kopf, ergriff den Hockeyschläger mit beiden Händen und trat hinaus in die Nacht. Irgendwo bellte ein Hund, und in der Ferne hörte er das Rauschen des Verkehrs auf der Landstraße. Trotz der späten Stunde war dort noch einiges los.

Die beiden Laternen neben der Eingangstür waren ebenfalls heruntergedimmt. Ihr mattgelbes Licht erhellte einen Halbkreis auf dem obersten Treppenabsatz. Dahinter lag der Garten im Dunkeln. Zorro machte einen Schritt nach vorn. Er spürte, wie seine Hände sich um den Hockeyschläger verkrampften. Sein Atem ging schneller. Langsam schritt er die erste Stufe hinab. Dann die nächste. Dabei weilte sein Blick unentwegt auf dem Gebüsch, in dem er den Besitzer der Taschenlampe vermutete. Links des Gebüsches stand der Brunnen mit der Schwanenfigur, an dem Tessi meistens saß. Nun hatte Zorro die unterste Stufe erreicht. Noch immer war es im Garten still, bis auf das Rauschen des Verkehrs in der Ferne. Schritt für Schritt ging Zorro auf das Gebüsch zu. Wenn sich dort jemand versteckt hatte, konnte derjenige jetzt nicht mehr unbemerkt verschwinden. Direkt hinter dem Gebüsch befand sich das hohe Geländer mit den goldfarbenen Spitzen, und vor ihm im Garten stand Zorro, wild entschlossen, endlich herauszufinden, was hier vor sich ging. Da plötzlich hörte er einen Ast knacken. Doch das Geräusch kam nicht aus dem Gebüsch. Es war direkt von hinten gekommen. So schnell er konnte, wirbelte Zorro herum – aber es war zu spät. Ein gewaltiger Schlag traf ihn am Kopf. Zorro taumelte und ließ dabei den Hockeyschläger fallen. Er wollte sich aufrappeln, denjenigen schnappen, der ihn überfallen hatte, aber es gelang ihm nicht. Alles drehte sich um ihn herum. Aus dem Augenwinkel sah er eine dunkle Kontur. Schwarz, ohne Gesicht. Dann fiel er zur Seite auf den Rasen. Halb ohnmächtig lag er dort und nahm alles wie unter einer Käseglocke war. Irgendwo in einiger Entfernung hörte er Schritte über den Kiesweg laufen und dann das Knattern eines Mopeds oder Motorrades, das wenig später mit laut röhrendem Motor in der Nacht verschwand.

Zorro wusste nicht, wie lange er auf dem Rasen gelegen hatte, als sich der Schleier langsam lichtete und er sein Bewusstsein wiedererlangte. Er spürte die Feuchtigkeit des nassen Grases im Rücken und einen pochenden Schmerz im Kopf. Langsam hob er den rechten Arm und befühlte seine Stirn. Kein Blut. Gott sei Dank! Auch sonst schien er nicht ernsthaft verletzt. Vorsichtig rappelte er sich auf. Dabei wurde ihm leicht übel. Er atmete tief durch und verharrte für einen Moment sitzend, bevor er sich drehte und mit den Armen aufstützte, um sich zu erheben. Blitzschnell griff seine Hand nach der Lehne eines Gartenstuhls, der neben ihm im

Gras stand. Zorro blinzelte mehrmals, bevor er sich vollständig aufrichtete. Immer noch sah er schwarze Schatten vor seinen Augen. Dann legte er den Kopf in den Nacken und atmete tief durch. Was war passiert?

Zorro ärgerte sich über sich selbst. Wie konnte ihm das bloß passieren? Wie dumm war er gewesen! Der Angreifer hatte sich die ganze Zeit hinter ihm an der Hauswand befunden. Er musste gesehen haben, wie die Haustür geöffnet wurde, und war blitzschnell hinter den Brunnen gelaufen. Von dort war er dann in der Dunkelheit an die Hauswand gehuscht. Zorros Blick war so auf das Gebüsch fixiert gewesen, dass er keinerlei Bewegung wahrgenommen hatte. Er hatte sich dem Eindringling wie auf dem Silbertablett präsentiert. Blieb nur die Frage: Was wollte derjenige hier? Was war los mit dem Schloss? Zorro war sich nun sicher, dass er sich nichts von alledem eingebildet hatte. Nicht die fragwürdigen Absichten des Mannes im Gebüsch und nicht die Schatten an der Schule und im Jugendhaus der Kirche. Irgendetwas war hier im Gange und er war dem oder den Tätern heute Nacht in die Quere gekommen. Dann durchfuhr es Zorro. Er musste sofort zurück ins Haus! Er musste seinen Eltern sofort Bescheid sagen, was passiert war, und sie mussten unbedingt die Polizei rufen. Wenn es sich doch um Einbrecher handelte, würden diese vielleicht wiederkommen. Nicht heute, aber an einem anderen Abend. Zudem waren die Spuren des Mopeds oder des Motorrads noch frisch.

Gerade wollte Zorro zurück zum Haus laufen, als sein Blick auf etwas fiel, das vor ihm auf dem Boden lag. Es war ein Stein. Soweit nichts Besonderes, aber der Stein war in Papier eingewickelt. Zorro bückte sich und hob den Stein hoch. Er war ungefähr faustgroß und recht schwer. Das Papier, das den Stein umgab, war von einem Band umwickelt. Das war garantiert kein Zufall. Derjenige, der den Stein in das Papier gewickelt hatte, wollte sicherstellen, dass sich das Papier nicht vom Stein lösen würde. Eilig begann Zorro, das Band zu lösen. Dann wickelte er den Stein aus dem Papier. Er ließ den Stein fallen und faltete das Papier weiter auf. Da es hier zu dunkel war, machte Zorro schnell ein paar Schritte in Richtung der Eingangstür und in den Lichtkegel. Nun konnte er genau erkennen, was auf dem Papier stand. Am oberen Rand stand mit großen Buchstaben „Vermisst!“ und darunter prangte ein Bild. Als Zorro die Person auf dem Bild erkannte, setzte sein Herz für einen Moment aus.

9. Schreckliche Erkenntnis

Zorro saß an sein Bett gelehnt und atmete schwer. Immer wieder fiel sein Blick auf das Blatt Papier in seiner Hand. Er zitterte. Das durfte nicht wahr sein! Auf dem Bild war ein kleiner Junge zu sehen, der an einem sonnigen Tag auf einem Dreirad saß. Er grinste direkt in die Kamera. Der Junge hatte braunes Haar und eine Stupsnase. Er trug eine rote Jacke mit Fellkragen, eine Jeans und Turnschuhe. Vielleicht war er zwei oder drei Jahre alt. Das konnte Zorro nicht so genau sagen. Aufgenommen worden war das Bild im Herbst. Das erkannte Zorro an den kahlen Bäumen im Hintergrund und dem bunten Laub auf dem Boden. Das Bild nahm das halbe Blatt ein. Darunter stand in kleineren Buchstaben geschrieben:

„Seit dem achten Juli 2001 wird Jonas Goldacker vermisst. Jonas Goldacker stammt aus Hamburg und befand sich zum Tatzeitpunkt mit seinen Eltern im Sommerurlaub auf der Insel Sylt. Am Nachmittag verschwand er aus dem Garten der Ferienwohnung in Tinnum. Hinweise über Jonas' Verbleib bitte an jede Polizeidienststelle oder unter …"

Zorros Blick fiel auf die Nummer. Dann betrachtete er wieder das Bild. Zorro kannte keinen Jonas Goldacker, aber eines stand fest – der Junge auf dem Bild war er selbst! Er hatte sich sofort erkannt. Zwar konnte er sich weder an die Jacke noch die Schuhe oder die Hose erinnern, aber die Ähnlichkeit des Jungen mit ihm war nicht zu übersehen. Die Abbildung zeigte ihn im Alter von zwei oder drei Jahren. Wenn das Datum stimmte, war er auf dem Bild genau drei. Zorro konnte seinen Blick nicht davon abwenden. Er fand einfach keine Worte für das, was gerade in ihm vorging. Sein Leben war eine Lüge. Dann war er nicht Sigismund Ottokar Engelhard Balduin von Frangenberg. Dann waren seine Eltern nicht seine Eltern. Dann war alles in seinem Leben falsch. Dann waren seine Eltern Entführer. Sie hatten ihn entführt, während er mit seinen richtigen Eltern einen Strandurlaub auf Sylt machte. Diese Vorstellung überforderte Zorro. Sein Vater, der wohlhabende Unternehmer aus adeligem Hause, der mit dem Hamburger Bürgermeister und dem Präsidenten des HSV befreundet war, der ein jahrhundertealtes Familienunternehmen führte und zahlreiche Preise für die verlegten Bücher bekommen hatte, war ein Entführer? Und seine Mutter, was hatte sie zu einer Entführerin werden lassen? Und warum hatten sie sich ausgerechnet ihn ausgesucht?

Zorro konnte nicht glauben, was er hier in den Händen hielt. Für einen kurzen Moment wollte er sofort sein Handy nehmen und die Polizei anrufen, aber dann hielt er doch inne. Zu viele Gedanken schossen ihm nun gleichzeitig durch den Kopf. War der ganze Umzug von Hamburg nach Dösterfelde nur eine Inszenierung gewesen? Ging es weder um Tessi noch um den Verlag oder den Platz für die Bücher? Vielleicht stand die Polizei in Hamburg kurz davor, seinen Eltern auf die Schliche zu kommen? War es das? Waren seine Eltern hier in die Provinz gezogen, um ihn zu verstecken?

Schließlich war er nun mit vierzehn Jahren in Hamburg öfter allein unterwegs, und da bestand natürlich die Gefahr, dass er seinen leiblichen Eltern über den Weg lief. Früher, als er noch klein war, waren seine Eltern natürlich immer bei ihm. Da konnten sie kontrollieren, wohin er ging, wen er traf und was er machte. Aber jetzt, wo er viel Zeit mit seinen Freunden verbrachte, war die Gefahr ungleich höher, dass er zufällig auf seine wahren Eltern oder Verwandte treffen würde. Das mussten seine Eltern verhindern. Es würde ihr Leben zerstören, wenn das passierte. Also war das Gerede von dem besseren Leben für Tessi nur erlogen? Von wegen, sie könne sich hier in Dösterfelde besser bewegen und hätte mehr Möglichkeiten als in der Stadt. Es war nur darum gegangen, ihn hier zu verstecken.

Dann sah er hoch auf ein Bild, das auf seinem Nachttisch stand. Darauf waren Zorro, Tessi und seine vermeintlichen Eltern zu sehen. Es traf ihn noch einmal wie ein Schlag. Die beiden Menschen, die er für seine Eltern gehalten hatte, waren nicht seine Eltern. Elf Jahre lang hatte er zu Menschen *Mama* und *Papa* gesagt, die ihn seinen wahren Eltern weggenommen hatten. Zorro war wie gelähmt. Er wusste nicht, was er machen sollte. Wieder dachte er daran, die Polizei zu rufen. Gerade blickte er sich um, wo sein Handy lag, als er Schritte auf dem Flur hörte. Im nächsten Moment öffnete sich die Tür zu seinem Zimmer. In der Tür standen seine Eltern. Blitzschnell stieß Zorro das Blatt Papier unter sein Bett. Seine Mutter betrat den Raum und sah ihn mit einer Mischung aus Frage und Verwunderung an. Ihre Haare hatte sie eilig hochgesteckt und ihre Augen sahen verschlafen aus. Sie trug einen blauen Morgenmantel und Hausschuhe. Sein Vater stand in seinem weinroten Bademantel direkt hinter ihr. Seine Haare standen in alle Himmelsrichtungen ab und auf seiner Nasenspitze prangte seine kleine Lesebrille.

„Was ist los, Zorro?“, fragte seine Mutter und sah ihn an. „Warum bist du angezogen?“

„Ich konnte nicht schlafen“, stammelte Zorro in dem Wissen, dass das nicht überzeugend klang.

„Und da ziehst du dich gleich an? Willst du etwa sofort zur Schule gehen?“, fragte sein Vater.

„Nein, nein, aber ich dachte, ich gehe vielleicht ein bisschen vor die Tür. Ein bisschen frische Luft schnappen.“

„Um diese Zeit?“, fragte seine Mutter entsetzt. „Das kommt überhaupt nicht infrage. Du holst dir ja den Tod da draußen. Komm, ich mache dir einen Kakao und dann legst du dich wieder ins Bett.“

Zorro erhob sich vorsichtig. Dabei ließ er seine Eltern zu keinem Zeitpunkt aus den Augen. Sein Verhältnis zu ihnen hatte sich in den letzten Minuten grundlegend verändert.

„Nein, ich brauche keinen Kakao. Ich gehe einfach wieder ins Bett“, sagte er kurz angebunden und wandte sich ab.

„Wie redest du denn mit deiner Mutter?“, fragte sein Vater irritiert. „Sie hat es doch nur gut gemeint.“

Meine Mutter, dachte Zorro, sitzt irgendwo in Hamburg und weint sich seit elf Jahren die Augen aus, weil sie ihren Sohn sucht. Ihren Sohn, den ihr entführt habt! Zorro antwortete seinem Vater nicht, sondern schlüpfte aus seinen

Schuhen, zog die Hose aus, warf den Pulli zu Boden und legte sich wieder ins Bett. Dabei blieben seine Eltern die ganze Zeit in der Tür stehen. Zorro zog die Decke über sich und wandte sich dann noch einmal um: „Ihr könnt das Licht ausmachen.“ Damit drehte er sich um. Er hörte noch, wie seine Eltern etwas murmelten und dann die Tür wieder zuzogen. Natürlich konnte Zorro nicht schlafen. An Schlaf war überhaupt nicht zu denken. Das, was er in der letzten Stunde erfahren hatte, regte ihn viel zu sehr auf. Was würden seine Eltern jetzt machen? Hatten sie etwas gemerkt, ahnten sie womöglich, dass er ihnen auf die Schliche gekommen war? Was würden sie nun machen? Ihn noch einmal verstecken? Vielleicht durfte er das Haus nun gar nicht mehr verlassen? Oder schlimmer, sie würden ihn in den Keller sperren. Wer würde ihn da vermuten? Was würden sie Tessi und seinen Freunden erzählen? Dass er weggelaufen sei? Wie würde er jemals wieder aus dem Keller herauskommen können?

Für einen Moment dachte Zorro daran, wieder aufzustehen und das Schloss sofort zu verlassen. Doch etwas hielt ihn zurück. Es war Tessi. Er konnte Tessi unmöglich hier allein lassen. Dann kam ihm ein anderer Gedanke. Wenn seine Geschichte an die Öffentlichkeit käme und seine Eltern verhaftet würden, was wäre dann eigentlich mit Tessi? Nicht nur, dass sie erfahren würde, was für Leute ihre Eltern in Wirklichkeit waren, sie würde dann ihre Eltern ebenso verlieren. Tessi müsste wohl in eine Pflegefamilie, irgendwo anders hinziehen. Das konnte er ihr unmöglich antun. Auch wenn er nun wusste, dass Tessi nicht seine leibliche

Schwester war, so liebte er sie dennoch. Sie konnte ja überhaupt nichts dafür, was passiert war. Während er weiter darüber nachdachte, holte er das Blatt erneut unter seinem Bett hervor und speicherte die Nummer, die dort genannt wurde, in seinem Handy. Dann schob er das Blatt wieder unter sein Bett und schlief bald wieder ein.

Am nächsten Morgen wurde Zorro erst von den Sonnenstrahlen geweckt, die ihn an der Nase kitzelten. Blinzelnd schaute er auf den Wecker. Viertel nach sieben! Wie ein Blitz sprang Zorro aus dem Bett und rannte ins Bad. Er war spät dran. Während er duschte, dachte er über die gestrige Nacht nach. Er konnte es noch immer nicht recht glauben. Seine Eltern waren Entführer. Sie hatten ihn als Kind seinen eigentlichen Eltern geraubt. Ihm fröstelte bei dem Gedanken, ihnen gleich im Flur zu begegnen. Noch einmal ging er alles durch. War es nicht doch möglich, dass er sich das alles eingebildet hatte? Vielleicht gab es irgendwo in seinen Gedanken einen Fehler? Was, wenn er sich doch täuschte? Nein, das konnte nicht sein. Er war sich ganz sicher. Das Kind auf dem Bild war er. Und er war nicht Sigismund Ottokar Engelhardt Balduin von Frangenberg. Er hieß einfach Jonas Goldacker und stammte aus Hamburg. Im Alter von etwa drei Jahren war er seinen wirklichen Eltern geraubt worden und zwar von dem Freiherren Johann von Frangenberg und dessen Frau Tina. Aber warum nur? Hatten sie gedacht, dass sie keine Kinder bekommen konnten? War es ein unerfüllter Kinderwunsch gewesen oder doch etwas anderes? Aber die Geburt von Tessi hatte doch gezeigt, dass die beiden sehr wohl Kinder bekommen konnten. Tessi war ihre leibliche Tochter – daran bestand kein Zweifel. Zorro erinnerte sich noch an den Besuch im Krankenhaus und den Moment, als er Tessi zum ersten Mal im Arm gehalten hatte. Von Tessi gab es auch überall im Haus Babybilder. Aber von ihm ... wo waren eigentlich seine Babybilder?

Zehn Minuten später eilte Zorro in die Küche. Frau Linde stand am Herd und bemühte sich wahrscheinlich mal wieder, irgendetwas Essbares hinzubekommen. Seine Mutter und Tessi saßen bereits am Tisch, der opulent gedeckt war. Zorro bemerkte, dass das schöne Festtagsgeschirr aufgetragen war. Und seine Mutter war passend dazu gekleidet. Sie trug ein dunkelblaues Kostüm, ihre Perlenkette und eine silberne Uhr sowie den Ring mit dem kleinen Diamanten. Ihre Haare hatte sie aufwendig hochgesteckt. Tessi saß links von ihr in einem schlichten weißen Kleid. Sie hatte ihre langen Haare zu Zöpfen gebunden. Seine Mutter ergriff gerade mit abgespreiztem kleinen Finger den Silberlöffel, der in der Marmelade steckte. Sie sah kurz hoch und warf Zorro ein flüchtiges Lächeln zu.

„Spät dran, Bruderherz“, sagte Tessi und grinste. Dann biss sie lustvoll in ihr Marmeladenbrot.

„Ja, habe verschlafen“, murmelte Zorro.

„Ist ja auch kein Wunder, wenn der Herr sich die Nächte um die Ohren schlägt“, stichelte seine Mutter und goss sich Tee ein.

„Ich konnte halt nicht schlafen“, maulte Zorro.

„Und unterhält dann das ganze Haus", fuhr seine Mutter fort, während sie mit einer silbernen Zange Würfelzucker in den Tee balancierte.

„Das klingt ja spannend", warf Tessi ein. „Und was hast du dann gemacht?"

„Nichts", sagte Zorro und griff nach einem Brötchen.

„Ah, der junge Mann hatte eigentlich vor, noch einen nächtlichen Spaziergang zu machen. Stimmt doch?", meinte seine Mutter und grinste nun.

„Ach, ich wollte nur ein wenig frische Luft schnappen", entgegnete Zorro.

„Mach doch das Fenster auf", sagte Tessi und warf ihm einen provozierenden Blick zu.

„Und dann hat der Herr auch noch meinen Kakao verschmäht", fügte seine Mutter hinzu. „Dabei hat er als kleiner Junge so gern Kakao getrunken."

Ach ja, dachte Zorro. Woher willst du das denn wissen? Und dann kam ihm die Idee.

„Du Mama, wir sollen Kinderbilder von uns mit in die Schule bringen. Hast du da etwas für mich?", fragte er und goss sich Milch ein.

„Ja, warte. Natürlich. Wir haben doch die Bilder aus Spanien. Wann war das, 2004 oder 2005? Da sind doch ein paar schöne Bilder dabei."

„Nein, ich brauche Bilder, auf denen ich zwei oder drei Jahre alt bin", verlangte Zorro. Der Blick seiner Mutter verdüsterte sich.

„Du weißt doch, dass wir die nicht haben“, sagte sie mit mildem Tonfall. So, weiß ich das?, dachte Zorro.

„Die sind doch damals bei dem Brand vernichtet worden. Du weißt doch, als unser Ferienhaus in Husum niederbrannte. Dein Vater hatte fast alle Bilder dort aufbewahrt. Auch unsere Hochzeitsbilder. Alles wurde vernichtet. Entweder durch die Flammen oder das Löschwasser der Feuerwehr. Wir konnten nichts retten.“ Sie seufzte. „Und das alles wegen eines Kabelbrandes. Dieses blöde Heizkissen, ich könnte mich heute noch ...“

„Es gibt also nicht ein Bild von mir aus dieser Zeit? Nicht mal ein Passfoto? Oder ein Bild aus einer Geburtsanzeige?“, fragte Zorro.

„Nein, nichts, leider“, sagte seine Mutter bedauernd und ließ sich von Tessi ein Brötchen reichen.

Dann unterbrach Tessi Zorros Gedanken: „Siehst du Backe, Montag und Lilly heute?“

„Ja, ich denke schon“, sagte Zorro.

„Dann grüße sie mal ganz nett von mir“, bat Tessi.

„Es freut mich zu hören, dass ihr schon Freunde gefunden habt. Seht ihr, es ist doch gar nicht so schlimm auf dem Lande, oder?“, sagte seine Mutter und schien mit sich und der Welt zufrieden. „Manchmal muss man die Dinge nur aus einer anderen Perspektive betrachten und dann bekommt man völlig neue Ansichten.“

Stimmt, dachte Zorro. Oder man erfährt, dass das ganze bisherige Leben nichts als eine Lüge war.

10. Der Hit

Zorro saß auf seinem Platz in der Klasse und kaute auf dem Ende seines Bleistiftes herum. Sie hatten gerade Englisch. Zorro sah nach draußen auf den Schulhof, auf dem die zwei großen Kastanien standen. Er beobachtete, wie die Blätter im Wind spielten. Das Sonnenlicht fiel durch die Blätter auf die Fensterbank im Klassenraum. Es waren schöne Lichtmuster, die dabei entstanden. Herr Blüther stand vorn an der Tafel und erzählte etwas zu Oliver Twist und Charles Dickens, aber Zorro hörte gar nicht zu. Seine Gedanken kreisten immer noch um die vergangene Nacht und die Erkenntnis, dass er als Kind entführt worden war.

Nachdem er den Schulbus mit Mühe und Not erreicht hatte und neben Montag am Fenster saß, dachte er kurz darüber nach, ob er seine Freunde nicht einweihen sollte. Er hatte das dringende Bedürfnis, mit jemandem über die letzte Nacht zu sprechen. Er musste unbedingt loswerden, was er in Erfahrung gebracht hatte. Aber dann schien es ihm doch zu riskant. Was, wenn sie ihm nicht glaubten? Vielleicht hielten sie ihn sogar für verrückt? Schließlich hatte er ihnen gestern erst von dem Mann im Gebüsch und den Schatten erzählt. Und außer ihm hatte niemand weder den Mann noch die Schatten gesehen. Wenn er nun käme, um ihnen zu erzählen, dass seine Eltern nicht seine Eltern seien und er als kleines Kind entführt worden war, dann würde ihm das sicherlich niemand glauben. Er selbst konnte es ja kaum glauben.

Nun saß er hier im Klassenzimmer und seine Gedanken kreisten um das, was er nun machen könnte. Immer wieder musste er an Tessi denken und was ihr passieren würde, wenn seine Geschichte herauskäme. Doch dann fiel ihm wieder das Blatt Papier ein. Er hatte es heute Morgen noch unter dem Bett hervorgeholt und in einer Ecke seines Kleiderschrankes versteckt. Dort würde es niemand finden. Schon gestern Abend hatte sich Zorro unentwegt gefragt, wer wohl der Unbekannte war, der ihn im Garten überfallen hatte. Zorro war sich sicher, dass es eben dieser Unbekannte war, der den Stein im Gras hatte liegen lassen. Wahrscheinlich hatte er den Stein eigentlich in Zorros Zimmer werfen wollen. Doch dann hatte Zorro aus dem Fenster gesehen. So konnte der Unbekannte den Stein nicht einfach werfen. Nur warum hatte er Zorro angegriffen? Warum hatte er den Stein nicht einfach in den Garten gelegt und war verschwunden? Vielleicht wollte er unbedingt sicherstellen, dass Zorro den Stein finden würde. Mit Sicherheit, denn hätte Zorro nicht dort im Garten gelegen, wäre ihm der Stein bestimmt nicht aufgefallen. Dann hätte vielleicht jemand anderes den Stein gefunden. Und das wollte der Unbekannte anscheinend unbedingt verhindern. Er, Zorro, musste den Stein finden. Doch wusste Zorro deshalb immer noch nicht, was der Unbekannte damit bezweckte. Warum sollte Zorro von seiner Entführung erfahren? Wenn es nur darum ging, dass er zu seinen Eltern zurückkommen sollte, hätte der Unbekannte doch einfach die Polizei informieren können. Die wären dann gekommen, hätten ihn einfach aus dem Schloss geholt und seinen echten Eltern übergeben. Stattdessen machte der Unbekannte sich eine solche Mühe. Zorro verstand das alles nicht.

„And what does Mr. von Frangenberg think?", hörte Zorro plötzlich Herrn Blüther sagen. Er schreckte hoch. Er hatte nicht die geringste Ahnung, worum es ging. Hilfesuchend sah er sich um.

„Mr. Brownlow", raunte Lilly ihm zu.

„Mr. Brownlow", antwortete Zorro, ohne zu wissen, auf welche Frage er antwortete. Herr Blüther nickte und wandte sich wieder dem Text an der Tafel zu. Zorro war erleichtert.

„Du bist heute auch nicht hier, oder?", fragte Lilly und zwinkerte ihm zu. Zorro lächelte gequält. Er schüttelte den Kopf.

„Heimweh?", fragte Lilly.

Heimweh, dachte Zorro. Nicht im eigentlichen Sinne, aber in gewisser Weise schon. Er sehnte sich nach seinem wirklichen Zuhause. Nach seinen echten Eltern. Wie mochten sie wohl sein, sein echter Vater und seine echte Mutter? Und vielleicht hatte er sogar noch Geschwister?

„Ja, Heimweh", flüsterte er.

„Kann ich verstehen. Das würde mir auch so gehen", sagte Lilly. „Aber du wirst sehen, es wird schon."

„Danke", sagte Zorro und sah wieder zur Tafel. Kurz darauf klingelte es zur Pause. Augenblicklich erfüllte ein lautstarkes Geschnatter den Raum, Stühle wurden herumgeschoben, Schüler riefen sich Dinge zu, Gegenstände flogen herum. Zorro griff seinen Rucksack und erhob sich. Die nächste Stunde wäre Deutsch und dafür musste er in einen anderen Raum gehen. Lilly folgte ihm, blieb dann aber bei einer Freundin stehen.

„Guten Morgen, Herr von Frangenberg", hörte Zorro eine Stimme. Es war Backe, der hinter ihm angelaufen kam. So wie Backe eben lief. Sein Gesicht war hochrot, die Augen zu kleinen Schlitzen zusammengekniffen und sein Atem ging schwer. Backes Baggy Pants baumelten ihm beinahe unterhalb des Hinterns, seine Baseballjacke hing nur noch über eine Schulter und sein Rucksack ließ Backe über den Boden schleifen. Mit einer Hand zog er seine Hose hoch. Zorro wartete auf seinen Freund.

„Und, hast du deinen Hit schon fertig?", erkundigte sich Backe.

„Ne, dazu bin ich noch gar nicht gekommen", gab Zorro zu Antwort. „Aber vor Freitag kann ich ja auch nicht anfangen."

„Genau darüber wollte ich mit dir sprechen", sagte Backe und zog Zorro am Ärmel, damit dieser stehen blieb.

„Mein Bruder hat einen Freund in Oschenhagen. Der ist Tontechniker. Der hat sich gerade ein kleines Tonstudio eingerichtet. Das möchte er nun ausprobieren. Ich habe ihm von dir erzählt und er würde sich freuen, mit dir ein paar Aufnahmen zu machen."

„Super", meinte Zorro erstaunt. Das waren wirklich gute Nachrichten. Er wusste zwar nicht, wo Oschenhagen lag,

aber er nahm an, dass es nicht allzu weit weg sein konnte.
„Wann?“, fragte Zorro.

„Heute Nachmittag“, sagte Backe. „Geht das?“

Zorro überlegte. Eigentlich hatte er nichts vor. Also, könnte er das wohl machen. „Klar, gern. Nur ... wie komme ich da hin?“

„Mein Bruder würde uns mitnehmen. Also Montag, du und ich.“

„Das ist toll. Wo soll ich dann hinkommen?“, fragte Zorro.

„Wir holen dich um drei Uhr ab. Warte einfach vor dem Tor eures Schlosses“, sagte Backe und bog ab, denn Backe musste zum Biounterricht.

Zorro freute sich. Für einen Moment hatte er sogar vergessen, was in den letzten Tagen passiert war. Er war einfach nur glücklich, dass er seinen Song aufnehmen konnte. Nur – welchen Song? Nun beschlich ihn die Panik. Er hatte gar keinen!

„Hey, was ist los Mann“, meldete sich Montags Stimme von hinten. Zorro drehte sich um und begrüßte seinen Freund.

„Hat dich Backe schon wegen des Studios angesprochen?“, fragte Zorro.

„Ja, hat er. Tolle Sache.“

„Ja, finde ich auch“, sagte Zorro. „Aber ich weiß nicht, ob ich schon so weit bin. Ich meine, ich habe ein paar Harmonien und Melodien im Kopf, aber mir fällt absolut kein Text ein.“ Zorro seufzte.

„Du, was hältst du davon, wenn ich dir ein wenig helfe?“, schlug Montag vor.

„Wie meinst du das?", fragte Zorro.

„Na ja, ich kann rappen und ich habe ein paar Texte in der Schublade. Vielleicht passt davon etwas."

„Das würdest du machen?", fragte Zorro begeistert.

„Logisch", sagte Montag.

„Aber du weißt, dass nur einer zu Johnny D. nach Hamburg darf, oder?"

„Mann, Zorro, mir geht es nicht darum, zu Johnny D. ins Studio zu kommen. Ich will dir einfach helfen, damit du den Wettbewerb gewinnst. Du bist wirklich gut. Und ich weiß, was dir das bedeutet", erklärte Montag und legte Zorro seine Hand auf die Schulter.

„Danke", sagte Zorro. „Das ist echt klasse von dir. Hey, und wenn aus der Sache mehr werden sollte, dann bist du natürlich mit im Boot!"

Montag lächelte und nickte, ohne weiter etwas zu sagen. Dann machte er zwei Schritte rückwärts, drehte sich um und verschwand in dem Raum, in dem sie Deutsch haben würden. Zorro ging ihm hinterher.

Zorro hatte im Deutschunterricht noch ein wenig an seinen Texten herumgefeilt, dann aber beschlossen, die Sache in Montags Hände zu geben. Ihm fiel absolut nichts ein. Nach weiteren zwei Stunden Bio, einer Stunde Geschichte und dem Kunstunterricht war der zweite Schultag vorbei. Als Zorro vor das Schulgebäude trat, erschrak er. Auf der gegenüberliegenden Straßenseite stand der Wagen seiner Mutter. Langsam ging Zorro die Stufen hinunter. Was wollte seine Mutter denn hier? Sie hatte ihn seit der Grundschule nicht mehr zur Schule gebracht oder abgeholt. Und nun, wo er in der achten Klasse war, wollte sie ihn plötzlich wieder abholen? Was war da los? Zorro fühlte sich unwohl. Da stimmte doch etwas nicht. Hatten seine Eltern vielleicht das Blatt Papier in seinem Kleiderschrank gefunden? Wussten sie mittlerweile, dass er ihnen auf die Schliche gekommen war? Für einen kurzen Moment überlegte er, ob er einfach weglaufen sollte. Doch wie weit würde er kommen und wo sollte er sich verstecken? Nein, er musste so tun, als wäre alles in Ordnung. Sollte seine Mutter ihn auf das Blatt Papier ansprechen, dann würde ihm sicher etwas einfallen. Zur Not konnte er immer noch vorgeben, dass er den Jungen auf dem Bild gar nicht erkannt hatte.

Zorro sprang die letzten beiden Stufen der Treppe hinunter und schlenderte gemütlich über die Straße zu seiner Mutter.

„Hallo, mein Großer! Überrascht, deine Mutter zu sehen?“, grüßte sie ihn und drückte ihm einen Kuss auf die Stirn. Zorro verkrampfte sich, was seiner Mutter nicht verborgen blieb.

„Entschuldige“, sagte sie. „Das mochte ich in deinem Alter auch nicht mehr.“

Sie öffnete ihre Wagentür und bedeutete Zorro, auf dem Beifahrersitz Platz zu nehmen. Zorro schaute in den Wagen. Außer seiner Mutter und ihm war niemand darin. Ein guter Plan. Wer würde schon Verdacht schöpfen. Heute Abend, wenn Tessi nach seinem Verbleib fragen würde, könnte seine Mutter einfach sagen, dass er von der Schule nicht nach Hause gekommen wäre. So könnte sie die Polizei rufen und die besorgte Mutter spielen. Er konnte sich schon bildlich vorstellen, wie seine Eltern auf News TV oder dem ersten Programm betroffen über seine Entführung erzählen würden, um dann den Entführer anzuflehen, ihn doch zurückzubringen. Doch dann traf es ihn wie ein Schlag.

„Zorro?!", seine Mutter sah ihn besorgt an.

„Ja … was?", stotterte er.

„Wo bist du denn?", fragte seine Mutter leicht amüsiert.

„Ich? Hier, wieso?"

„Weil ich dich gerade zweimal gefragt habe, ob du lieber zu *Burger World* oder zu *Chicken King* gehen möchtest, und du sitzt hier nur und starrst vor dich hin."

Zorro sah seine Mutter erstaunt an. „Ach so, dann lieber zu *Burger World*", sagte er und schnallte sich an.

Was sollte das denn, dachte er. Was hatte seine Mutter mit ihm vor? Und warum lud sie ihn zu einem Fastfood-Restaurant ein? Sonst verabscheute sie solche Restaurants doch. Sie fand, dass es sich für Leute ihres Standes nicht gehörte, auf Plastikstühlen pappige Burger und matschige Pommes zu verspeisen, geschweige denn, sich danach genüsslich den Ketchup oder die Mayonnaise von den Fingern zu lecken. Warum wollte sie nun ausgerechnet heute mit ihm dorthin gehen? An der Sache war irgendetwas faul, dachte Zorro. Vielleicht sollte er bei der nächsten roten Ampel einfach aus dem Wagen springen und wegrennen. Wahrscheinlich müsste er wirklich die Polizei anrufen. Daran führte wohl kein Weg mehr vorbei. Es tat ihm leid um Tessi, aber er durfte sich nicht weiter in Gefahr begeben. Doch bevor er zur

Polizei gehen konnte, brauchte er noch den Zettel mit seinem Foto und der Vermisstenanzeige. Sonst würde ihm sicherlich niemand glauben. Er musste also noch ein bisschen warten und hoffen, dass seine Mutter ihn nicht schon jetzt verschwinden lassen würde.

„Ich habe noch einmal an unser Gespräch heute Morgen gedacht", begann seine Mutter, als sie in eine Seitengasse einbogen. Zorro verkrampfte sich ein wenig und bemühte sich dann um ein Lächeln. „Ja, und?", fragte er.

„Na, ich werde deinen Vater heute Abend einmal fragen, ob wir nicht doch noch ein Bild von dir haben. Vielleicht hat Oma noch eins. Wir haben ihr bestimmt ein Bild von dir geschickt, als du geboren wurdest, und sicherlich auch eines, als du gerade laufen gelernt hast."

Zorro nickte, das leuchtete ihm ein. Aber gleichzeitig meldete sich wieder die Stimme aus seinem Hinterkopf. Das war doch nur ein Mittel, um Zeit zu gewinnen. Seine Eltern wollten ihn in Sicherheit wiegen. Bis seine Oma ein Bild schicken könnte, würde es bestimmt zwei oder drei Tage dauern. Genug Zeit für seine Eltern, um sich einen Plan auszudenken, wie man ihn verschwinden lassen konnte. Aber Zorro ließ sich nichts anmerken. Dann hielten sie vor *Burger World*. Zorro stieg aus und seine Mutter folgte ihm. Im Fastfood-Restaurant roch es nach Fett und Ketchup. Vor den Tresen standen mehrere Jugendliche. Hinter den Tresen liefen die Mitarbeiter eilig umher und steckten Pommes und Burger in braune Papiertüten, die sie dann eilig über den Tresen schoben und den Kunden dann einen guten Appetit wünschten. In einer Ecke des Verkaufsraumes hing ein großer Fernseher von der Decke, auf dem ein Musikkanal Videos abspielte. Zorro studierte das bunte Menü, das oberhalb des Tresens hing, und entschied sich dann für ein *Burger Empire*-Menü mit großer Limo. Seine Mutter bestellte einen Salat. Sie suchten sich einen Tisch am Fenster und setzten sich.

Für einige Minuten aßen beide still, bis seine Mutter ihre Hand auf seine legte: „Sigismund, ich weiß, dass du nicht gern hier bist. Der Umzug aus Hamburg, der Verlust deiner Freunde … ich kann das gut verstehen. Du musst das alles sehr vermissen. Ich will auch nicht, dass du denkst, dass wir das alles nur für Therese machen und nicht an dich denken. Deshalb wollte ich dir etwas vorschlagen."

Zorro sah auf. Was würde denn jetzt kommen?

„Na, ich verstehe ja nicht viel von Musik, aber ich weiß genug, um zu verstehen, dass du in deinem Zimmer keine Musik machen kannst."

Zorro war erstaunt. Das stimmte.

„Deshalb haben dein Vater und ich beschlossen, dass wir dir den Keller zur Verfügung stellen wollen. Da gibt es zwei große Räume. Ich denke, dass sie gut geeignet wären, oder nicht?"

„Ja, klar", sagte Zorro und versuchte, aus dem Blick seiner Mutter herauszulesen, wie sie das meinte.

„Also haben wir eine Firma bestellt, die sich damit auskennt – wie man Räume schallisoliert und so."

„Aha", meinte Zorro bemüht interessiert.

„Wäre das nicht gut?", fragte seine Mutter, die wohl etwas mehr Begeisterung erwartet hatte.

„Doch, das wäre genial!", sagte Zorro eine Spur zu euphorisch. Ihm war natürlich längst klar, was seine Mutter damit bezweckte. Wie praktisch war es doch, den Keller schalldicht auszubauen. Dann konnten sie ihn dort einsperren und niemand würde seine Rufe hören. Und er, der Experte, würde ihnen dabei sogar noch helfen. Aber er musste seine Mutter in Sicherheit wiegen.

„Ja, das klingt echt klasse. Dann könnte ich da Tag und Nacht produzieren und sogar Live-Instrumente aufnehmen", sagte er nun mit deutlich mehr Begeisterung.

„Na, wir hoffen, dass du in der Nacht schläfst. Aber am Wochenende könntest du in der Tat dort deine Musik machen und würdest niemanden damit stören."

„Cool, danke Mum", sagte Zorro und griff die letzten beiden Pommes. Über das Gesicht seiner Mutter huschte ein Lächeln. Sie hatte offensichtlich nichts bemerkt. Er würde sie in Sicherheit wiegen. Zumindest noch die nächsten zwei Tage. Dann würde er zur Polizei gehen und die ganze Sache auffliegen lassen. Vielleicht könnte Tessi ja sogar mit zu seinen echten Eltern ziehen? Vielleicht würden sie sich über eine neue Tochter auch freuen? Zorro entspannte sich. Wenig später standen sie auf und verließen das Lokal.

11. Im Studio

Zorro stand kaum fünf Minuten wartend vor dem Tor des Schlosses, als ein weißer Golf um die Ecke gebogen kam. Darin saßen Montag, Backe und ein Typ, der nur Backes Bruder sein konnte. Er hatte die gleichen roten Wangen und die kleinen Knopfaugen wie Backe und sein T-Shirt spannte sich über seinen gewaltigen Bauch. Auch er trug eine Baseballkappe. Als Zorro die Autotür öffnete, reichte Backes Bruder ihm die Hand.

„Hey, ich bin Elmar", begrüßte er ihn.

„Hi, Zorro."

„Komm, setz dich rein. Montag und Backe waren so nett, sich nach hinten zu setzen."

Zorro ließ sich in den Sitz des alten Golfes fallen, zog die Tür zu und schnallte sich an. Dann drehte Elmar das Radio auf und brauste mit quietschenden Reifen los. Backe und Montag saßen auf der Rückbank und sangen begeistert mit. Es war irgendein Popsong, der gerade in den Charts weit vorne lag. Elmar nickte im Rhythmus mit und summte die Melodie. Es waren wirklich seltsame Vögel, dachte Zorro. Aber nett. Nach viertelstündiger Fahrt parkte Elmar den Wagen in der Einfahrt eines Einfamilienhauses. Es war ein schlichtes weißes Haus mit Spitzgiebel und einem kleinen Vorgarten, in dem ein Trampolin und zwei Sonnenstühle aufgestellt waren.

„Hier wohnt Bert“, sagte Elmar und warf seine Tür auf. Dann bugsierte er seinen massigen Körper aus dem Wagen, wobei dieser kräftig wackelte, und schnaufte, als er endlich draußen stand. Er schob sich seine Baseballkappe in den Nacken und wischte sich mit dem Handrücken über die Stirn. Derweil kletterten Backe und Montag von der Rückbank über die Vordersitze nach draußen. Zorro stand neben dem Wagen, die Hände in den Taschen vergraben und mit hochgezogenen Schultern.

„Und jetzt?“, fragte er.

„Klingeln wir“, meinte Elmar und schlurfte zur Eingangstür. Kurz nachdem er geläutet hatte, wurde die Tür von innen geöffnet. In der Tür stand ein großer, schlaksiger Mann mit langen dunklen Haaren. Er trug eine Sonnenbrille, ein Hemd, das ihm aus der Hose hing, und hautenge Jeans.

„Hey Elmar, cool, dass ihr gekommen seid“, sagte er und winkte in die Runde: „Ich bin Bert.“ Dann bat er alle, doch hereinzukommen.

Im Flur des Hauses war es dunkel. Bert deutete auf eine Kellertreppe und ging vor. Unten gingen sie durch einen weiteren kleinen Flur und gelangten dann in einen größeren Raum. Als Zorro sah, was vor ihnen lag, fiel ihm der Unterkiefer herunter. Backe hatte etwas von Heimstudio erzählt und Zorro hatte an einen Computer, ein kleines Mischpult und ein bisschen weitere Technik gedacht. Aber das hier war ein richtiges Studio! Der Raum war von oben bis unten mit Schaumstoffplatten abgedichtet. Aus der Decke strahlten etliche Halogenlampen und erhellten den ansonsten weißen

Raum, an dessen Stirnseite eine große Fensterscheibe den Regieraum von der Gesangskabine trennte. An den Wänden hingen bestimmt zehn oder zwölf Gitarren. Dazu gab es noch zwei Keyboards und einen Bass. An der Wand neben der Tür hingen ordentlich aufgerollte Kabel und Stecker. Das Mischpult vor der großen Scheibe beeindruckte Zorro am meisten. Es war absolut professionell. Vor dem Mischpult standen zwei große schwarze Ledersessel.

„Ja, das ist mein kleines Studio“, sagte Bert fast beiläufig und schob die Hände in die Hosentaschen. Dabei wippte er ein wenig hin und her.

„Schönes Studio“, meinte Zorro anerkennend und ließ seinen Blick noch einmal gründlich über alles gleiten.

„Echt Wahnsinn“, staunte Backe. „Hier kannst du ja die großen Stars produzieren.“

„Von denen es in Oschenhagen so viele gibt“, scherzte Elmar und gab seinem kleinen Bruder einen liebevollen Klaps auf den Hinterkopf.

„Und wie bist du dazu gekommen, dir so ein Studio einzurichten?“, fragte Zorro, der immer noch tief beeindruckt war.

„Elmar und ich haben so ein Gitarrenduo. Wir spielen hier in den umliegenden Gasthöfen und auf Festen. Nichts Großes, aber es macht Spaß. Nun wollten wir mal sehen, ob wir nicht auch ein paar Aufnahmen machen können und so habe ich langsam angefangen, das Studio aufzubauen.“

„Wie heißt ihr denn als Duo?“, fragte Zorro.

„Elmar und Bert“, sagte Bert.

„Super Name!“, scherzte Backe und grinste über das ganze Gesicht, womit er sich einen weiteren Klaps seines älteren Bruders einfing.

„Der nächste Auftritt kommt dann bestimmt in der Sesamstraße“, sagte Montag und nun mussten sie alle lachen.

Nachdem sie sich wieder beruhigt hatten, fragte Bert: „Ja, wollen wir dann?“

„Zorro, hast du denn etwas? Oder sollen wir erst einmal ein paar Beats anlegen?“, fragte Montag.

„Ne, ich habe hier etwas“, sagte Zorro und zog einen USB-Stick aus der Tasche. Er hatte am Nachmittag noch einmal schnell sein Archiv durchstöbert. Dabei war er auf eine ganze Reihe unfertiger Titel gestoßen und hatte einen gefunden, der ihn wirklich begeisterte. Er hatte ihn schon vor einem halben Jahr mit seinem Freund Felix in Hamburg eingespielt. Sie waren damals aber nicht fertig geworden und Zorro hatte den Titel einfach auf seinem Rechner gespeichert und vergessen.

„Dann lass doch mal hören“, meinte Bert und setzte sich in einen der schwarzen Sessel vor dem Mischpult. Dann schaltete er alles ein und schob ein paar Regler hoch. Zorro reichte ihm den Stick. Bert steckte ihn ein, klickte etwas auf einem Monitor an und der Titel erklang. Zunächst ein paar Beats, dann kam der Bass dazu und eine Streichermelodie. Darauf setzte noch eine Gitarre ein und ein Saxofon. Nach ein paar Minuten zog Bert den Regler wieder runter und sah Zorro an: „Das ist von dir?“

Zorro nickte.

„Das ist der Hammer. Absolut!“, sagte Bert. „Das geht sofort ins Ohr.“

„Die Nummer ist echt super!“, pflichtete Montag ihm bei. „Da muss jetzt nur noch ein guter Text drauf und dann hast du einen super Titel für den Wettbewerb.“

„Kannst du mir mit dem Text helfen?“, fragte Zorro Montag.

„Klar, habe ich dir doch versprochen“, sagte Montag.

„Was haltet ihr davon, dass ihr beide nach nebenan geht und euch dort um den Text kümmert. Ich schraube derweil hier ein wenig an der Mischung herum, um den Sound noch fetter zu machen“, schlug Bert vor. Die Jungs waren einverstanden.

„Kann ich dir zusehen?“, fragte Backe Bert.

„Logisch!“, sagte Bert. „Und du, Elmar, kannst noch ein paar Gitarrenspuren drüberlegen.“

„Alles klar“, sagte Elmar, nahm sich eine Gitarre von der Wand und ging in den Aufnahmeraum.

Zorro und Montag zogen sich in den Nebenraum zurück, einen kleinen Raum, in dem Gitarrentaschen und leere Kartons herumlagen, in denen die ganze Technik des Studios geliefert worden war. Sie hockten sich auf den Boden und gingen den Song noch einmal durch.

„Die Nummer ist wirklich super!“, sagte Montag noch einmal zur Bestätigung. „Ich wünschte, ich könnte so etwas auch schreiben.“

„Danke“, sagte Zorro schüchtern. Dann machten die beiden sich daran, den Text zu verfassen.

Eine Stunde später waren sie dann so weit.

„Und, was meinst du?“, fragte Montag.

„Gefällt mir gut“, sagte Zorro. „Aber mir ist noch nicht ganz klar, worum es genau geht.“ Dann nahm Zorro den Text noch einmal in die Hand und las.

Du bist immer da, auch wenn ich dich nicht seh'
Du weißt heute schon, wohin ich morgen geh'
Du bist mein bester Freund, auch wenn ich dich nicht hör'
Doch dass du bei mir bist, dafür dank' ich dir.

Du bist über mir, unter mir, neben mir, vor mir, hinter mir –
yes Lord, dafür dank' ich dir.

Du weißt schon, wie's mir geht, bevor ich's selber spür
Du hast die richtigen Worte für die Trauer in mir
Du wachst an meiner Seite, auch wenn ich schlaf'
Ich preise den Tag, an dem ich auf dich traf.

„Wer soll denn das sein?“, fragte Zorro.

„Na, Gott“, sagte Montag. Und bevor Zorro etwas erwidern konnte, fügte er hinzu: „Nachdem du mich gestern nach meinen Eltern gefragt hast, musste ich noch lange darüber nachdenken. Da kamen mir diese Zeilen. Ich glaube, dass meine Eltern es ohne Gottes Hilfe nicht geschafft hätten, Somalia zu verlassen. Er war an ihrer Seite, und meine Eltern wussten, dass sie sich auf ihn verlassen konnten. Das soll der Text ausdrücken. Aber wenn es dich stört, dann …“

„Nein“, sagte Zorro. „Er ist gut so. Ich finde es wichtig, dass man Texte wirklich ehrlich meint. Und das tust du.“ Zorro ließ seinen Blick noch einmal über den Text gleiten. „Kannst du mir morgen bei dem Festival auch helfen?“, fragte er anschließend.

„Sehr gern“, sagte Montag. „MC Montag und DJ Zorro!“

„Klingt allemal besser als *Elmar und Bert!*“ Die beiden Jungen mussten lachen. Dann standen sie auf und gingen wieder zurück in den Studioraum.

12. Nächtliche Entdeckung

Zorro lag auf dem Bett und hörte zum x-ten Mal den Titel, den sie heute im Studio aufgenommen hatten. Er lächelte und seufzte zufrieden. Der Titel war wirklich gut geworden, das musste er zugeben. Aber einen gehörigen Anteil daran hatte Montag. Er rappte wirklich hervorragend. Sie hatten nur drei Versuche gebraucht, dann war der Song fertig. Elmar, Bert, Backe, Montag und er waren sehr zufrieden mit dem Ergebnis. Elmar sprach sogar davon, dass man den Track einem Label schicken sollte, falls das mit dem Wettbewerb nicht klappen würde. Zum ersten Mal fühlte Zorro sich wirklich wohl. Er hatte Leute gefunden, mit denen er ernsthaft Musik machen konnte. Und das hier auf dem Land!

Gleich nachdem er aus dem Studio zurückgekommen war, hatte er Tessi den Song vorgespielt, und auch sie war beeindruckt gewesen. Sie erklärte sich dazu bereit, ihm die E-Mail zu schreiben, mit der er den Titel an den Wettbewerb senden wollte. Das konnte sie einfach viel besser als er. Sofort morgen früh wollte er den Song hochladen. Er durfte keine Zeit verlieren. Denn danach wollte er sich daran machen, die anderen Songs zu bearbeiten, die er noch halb fertig auf seinem PC hatte. Zorro dachte wieder an das Angebot seiner Mutter, ihm im Keller einen Proberaum einzurichten. Vielleicht meinte sie es wirklich ernst, und er würde dort mit

Montag zusammen an vielen neuen Songs arbeiten können. Sie könnten den Raum dann zu einem richtig kleinen Studio ausbauen. Vielleicht hätte er dann irgendwann so ein Studio wie Bert, in dem man richtige Aufnahmen für ein Album machen konnte. Er könnte es *Castle-Studios* oder *Cellar-Studio* nennen.

In diesem Moment packte Zorro die Panik. Er richtete sich auf und riss sich den Kopfhörer herunter. Dann schwang er sich vom Bett und ging zum Kleiderschrank, wo er in der hintersten Ecke nach dem Blatt wühlte. Doch es war nicht mehr dort. Seine Vermisstenanzeige war gestohlen worden. Doch wer hatte gewusst, dass das Blatt im Schrank versteckt war.? Dann erinnerte Zorro sich an das Gespräch mit seiner Mutter. Sie wollte seinen Vater doch einmal fragen, ob sie nicht noch irgendwo ein Bild auftreiben konnten? Vielleicht wusste sie da schon von dem Blatt unter seinem Bett. Kaum war er heute Nachmittag gegangen, hatte sie sich wahrscheinlich daran gemacht, das Papier hervorzuholen. Vielleicht wollte sie es noch einrahmen lassen und ihm dann morgen früh stolz am Frühstückstisch präsentieren? Sieh mal, Sohn, würde sie dann wohl sagen. Wir haben tatsächlich noch ein Bild von dir gefunden. Damit sollte er sich dann wohl in Sicherheit wägen. Doch darauf würde er nicht hereinfallen. Zorro merkte, wie sich die Schlinge um ihn immer enger zog. Er setzte sich auf den Boden und lehnte sich an sein Bett. Er musste handeln – und zwar schnell. Die Zeit wurde knapp. Jetzt hatte er den Beweis, dass seine Eltern wussten, dass er ihnen auf die Schliche gekommen war. Es gab also kein Zurück mehr. Sie würden nun alles daran setzen müssen, dass er nicht zur Polizei ging. Wie lange würden sie aber noch so tun, als wäre alles ganz normal? Dürfte er morgen noch zur Schule gehen, oder würden sie ihn unter einem Vorwand zu Hause behalten? Zorro hatte wieder das starke Bedürfnis, sich jemandem anzuvertrauen. Nur wem? Er schreckte vor dem Gedanken zurück, es Montag oder Backe zu erzählen. Was, wenn sie ihn doch für verrückt hielten? Wenn sie sich nun von ihm abwenden würden und er seine gerade gewonnenen Freunde sofort wieder verlor? Zorro versuchte nachzudenken, aber er konnte sich nicht konzentrieren.

Dann stand er auf und ging zu seinem Schreibtisch. Er schaltete das Notebook ein und rief die Webseite des Songwettbewerbs auf. Wenige Minuten später hatte er sich angemeldet und ein Profil erstellt. Dann schloss er seinen MP3-Player an den Laptop an und begann, seinen Song hochzuladen. Nachdem der Song fertig war, schrieb Zorro seine E-Mail. Tessi war darin zwar weit besser als er, aber die Zeit drängte. Er schrieb über sich und seine bisherigen Erfahrungen als Hip-Hop-Musiker. Er berichtete davon, was für ein großer Fan von Johnny D. er war. Und dann zögerte er einen Moment, bevor er hinzufügte, dass er zur Not unter folgender Nummer zu erreichen sein würde. Damit fügte er die Handynummer von Tessi an. Er vertraute seiner Schwester. Und für den Fall, dass ihm etwas passieren sollte, würden sich die Leute vom Label bei Tessi melden. Dann drückte er auf ‚Senden'. Er ließ sich im Stuhl zurücksinken. Es war geschafft, der Song war eingereicht. Jetzt musste er nur noch abwarten. Wenn der Einsendeschluss schon am Freitag war, dürfte es nicht allzu lange dauern. Zum ersten Mal fragte er sich, wie viele andere wohl an dem Wettbewerb teilgenommen hatten. Waren es Hunderte oder sogar Tausende? Für einen Moment kamen ihm Zweifel. Vielleicht war sein Titel doch nicht so gut. Wer weiß, wer sonst noch mitgemacht hatte. Es gab in Hamburg natürlich viele weitere gute Rapper und DJs. Und in Berlin und Stuttgart und wer weiß noch wo in Deutschland und Österreich und der Schweiz. Es war gut möglich, dass sich Hunderte andere Rapper beworben hatten. Er konnte also nur hoffen.

Gerade eben wollte er ins Bett gehen, denn es war bereits nach 23 Uhr, als er draußen wieder ein Licht sah. Zorro schreckte auf. Da war doch jemand. Vorsichtig beugte Zorro sich zur Seite. Er wollte demjenigen, der sich da draußen versteckte, keine Gelegenheit bieten, ihn zu sehen. Zorro verharrte ganz still und wartete ab. Dann leuchtete das Licht wieder auf. Es war der gleiche Lichtstrahl, den er schon beim letzten Mal gesehen hatte. Er sah aus wie der Strahl einer starken Taschenlampe. Wohin leuchtete der Fremde im Garten bloß? Zorro versuchte, es irgendwie zu erkennen. Es war auf jeden Fall ein Zimmer rechts von seinem. Doch darin war niemand. Zumindest nicht um diese Zeit. Das eine war ein Wäschezimmer, in dem seine Mutter Tischdecken und Servietten in einem großen Schrank aufbewahrte. Das andere Zimmer daneben war eines, in dem momentan Möbel aufbewahrt wurden, von denen seine Mutter noch nicht wusste, wohin.

Blitzschnell wandte Zorro sich vom Fenster weg und lief gebückt hinüber zu seinem Regal, um erneut nach seinem Hockeyschläger zu greifen. Wer immer auch da unten im Garten saß, sollte nicht sehen, dass Zorro drauf und dran war, sein Zimmer zu verlassen. Vorsichtig zog er die Türklinke herunter und spähte auf den Flur. Es war alles dunkel. Nichts anderes hatte er erwartet. Zorro schlüpfte durch die Tür und verharrte zur Sicherheit für einen Moment dort. Alles war still. Nur das Ticken der Standuhr hallte leise durch das Treppenhaus. Dann huschte Zorro zur nächsten Tür und legte sein Ohr daran. Hinter dieser Tür befand sich das Wäschezimmer. Auch hier war nichts zu hören. Dann zog er die Türklinke herunter. Er bemühte sich, dabei ganz leise zu sein. Lautlos öffnete sich die Tür. Mit einem leichten Schubs ließ er sie aufschnellen, wobei er seinen Hockeyschläger fest umklammert hielt. Doch im Wäschezimmer war ebenfalls nichts. Es standen nur zwei Wäschekörbe mit gefalteter Tischwäsche auf dem Boden. Zorro ließ seinen Blick zwischen den großen Schränken hin und her pendeln. Was, wenn sich derjenige in einem der Schränke versteckt hielt? Vielleicht hatte er ihn doch kommen hören?

Langsam setzte Zorro einen Fuß in den Raum. Sofort blickte er dann noch einmal über seine Schulter, um sicherzustellen, dass niemand hinter der Tür gelauert hatte. Dann erreichte er den ersten Schrank. Für einen Moment überlegte er, wie er die Tür öffnen sollte. Ganz vorsichtig oder schnell, um denjenigen, der sich darin versteckt haben mochte, zu überraschen? Er entschied sich für Letzteres und riss die Tür auf. Doch dahinter befand sich nichts. Keine Wäsche und erst recht kein Eindringling. Mit einem Sprung war Zorro vor dem nächsten Schrank gelandet und riss auch diese Tür auf. Doch das Bild, das sich im bot, war das gleiche. Zorro atmete kurz durch und begab sich dann auf Zehenspitzen zurück zur Tür. Langsam trat er auf den Flur hinaus. Der Empfänger der Lichtbotschaften musste also in dem Zimmer mit den Möbeln stecken.

Zorro fühlte sich plötzlich unwohl. Das Zimmer mit den Möbeln war größer und es gab dort viel mehr Gelegenheiten, um sich zu verbergen. Wenn der Eindringling ihn nun schon gehört hatte, könnte er sich jetzt verstecken und Zorro überwältigen. Ihm graute vor diesem Gedanken. Er wollte nicht wieder wie im Garten überfallen werden. Aber er musste herausfinden, was sich dort in dem Zimmer befand. Als er die Tür erreichte, atmete er noch einmal tief durch und drückte dann die Klinke nach unten. Es war still. Dieses Mal schob er die Tür ganz vorsichtig auf. Der Raum war stockdunkel. Kurz überlegte Zorro, wieder zurückzugehen. Aber dann entschloss er sich, der Sache auf den Grund zu gehen. Da kam ihm die rettende Idee. Er wusste, dass sich gleich neben der Tür der Lichtschalter befand. Wenn er schnell wäre, könnte er den Eindringling so vielleicht überraschen. Mit einem Schlag schaltete Zorro das Licht im Zimmer ein. Der große Leuchter an der Decke flackerte zweimal und leuchtete dann hell. So konnte Zorro den Raum nun auf einen Blick in Augenschein nehmen. Er sah den bunt bemalten Bauernschrank, daneben den Lederohrensessel, in dem sein Vater in Hamburg so gern gesessen hatte. Dahinter befand sich eine Vitrine mit großen Glastüren, auf der zwei Vasen standen. Anschließend fiel sein Blick auf den großen Esstisch in der Mitte des Raumes. Um den Tisch herum standen vier Stühle, die allesamt mit weißen Leinenüberzügen abgedeckt waren. Dahinter lehnten an der Wand drei Gemälde, die seine Mutter noch nicht aufgehängt hatte. Auf der rechten Seite des Zimmers stand ein weiterer kleiner Schrank und daneben zwei Sessel. Zorro sah kurz über die Schulter, dann wieder in den Raum. Langsam reifte in ihm die Erkenntnis, dass auch hier niemand war. Den Hockeyschläger fest umklammert durchschritt er den Raum. Es rührte sich nichts. Für einen Moment überlegte er noch, ob er die Wände abklopfen sollte, entschied sich dann aber dagegen. Hatte er sich doch getäuscht? Er konnte es nicht glauben. Der Lichtschein war auf diesen Raum gefallen.

Gerade wollte er den Raum wieder verlassen, als sein Blick die Zimmerdecke traf. Dort in einer Ecke bemerkte er etwas Seltsames. Eine Kamera. Zorro versuchte, sich zu erinnern, ob er die Kamera vorher schon mal gesehen hatte. Nein, das hatte er nicht. Und er war sich sogar sicher, dass die Kamera zuvor garantiert nicht da gewesen war. Zorro ging in die Ecke des Raumes und stellte sich direkt unter die Kamera. Sie sah nagelneu aus. Die Bohrlöcher an der Wand vermittelten sogar den Eindruck, als wäre die Kamera erst vor Kurzem dort aufgehängt worden. Wer hatte sie denn dort aufgehängt und warum? Dann verließ Zorro den

Raum wieder und schaltete das Licht aus. Als er auf den Flur kam, sah er hinüber zum Ende der Treppe, die in den zweiten Stock führte. Und nun sah er es. Auch dort hing unmittelbar unter der Decke eine Kamera. Er zog die Tür hinter sich zu und ging erneut in das Wäschezimmer. Auch hier hing eine Kamera unterhalb der Zimmerdecke. Alle Kameras sahen nagelneu aus. Im Wäschezimmer konnte Zorro sogar ein wenig Putz auf dem Boden ausmachen. Es schien wirklich, als wären die Kameras gerade erst dort angebracht worden. Aber hätten seine Eltern das nicht bemerkt? Das konnte kaum sein. Wenn jemand in dem Haus Löcher in die Wände bohrte, war das sicherlich überall zu hören. Sie mussten also von den Kameras wissen. Dann dämmerte es ihm – seine Eltern hatten die Kameras selbst dort aufgehängt. Und er wusste auch, warum. Sie wollten ihn im Blick haben. Und damit war auch die nächste Frage beantwortet: und zwar, wie lange er noch das Haus verlassen durfte. Sicherlich würde seine Mutter ihn morgen unter irgendeinem Vorwand zu Hause behalten wollen und die Gelegenheit dann nutzen, ihn in den Keller zu sperren oder in sein Zimmer. Wenn sie ihn dann aus dem Zimmer ließen, würden die Kameras seine Schritte durch das Haus aufzeichnen und seinen Eltern jederzeit übermitteln, in welchem Raum er sich gerade aufhielt. Ein geschickter Plan.

Zorro fragte sich unwillkürlich, was wohl geschehen würde, sollte er dennoch versuchen das Haus zu verlassen? Vielleicht konnte er noch in den Garten gelangen. Doch sobald er versuchte, das Gelände zu verlassen, würde sich das Tor schließen? Ob die Anlage wohl einsatzbereit war? Sollte er vielleicht doch schon heute Nacht das Haus verlassen? Was, wenn es morgen zu spät war, wenn die Falle morgen zuschnappte? Dass seine Mutter ihn abgeholt hatte und ihm von der Idee mit dem Proberaum im Keller berichtet hatte – all das war doch nur ein Ablenkungsmanöver gewesen. Man wollte ihn in Sicherheit wiegen. Wahrscheinlich dachten sie, dass er sich so sehr auf den Probenraum freuen würde, dass er alles um sich herum vergessen und die Kameras gar nicht bemerken würde. Der Proberaum war doch nur ein Codewort für sein Gefängnis gewesen. Ein warmes, trockenes und schalldichtes Gefängnis. Was konnte es Besseres für seine Eltern, seine Entführer geben? Und Tessi würde ihn niemals finden. Allein kam sie mit dem Rollstuhl nicht in den Keller. Der Fahrstuhl fuhr nur bis ins Erdgeschoss. Seine Eltern würden ein paar Krokodilstränen weinen und ihn suchen lassen. Sie würden durchs Dorf gehen und allen erzählen, wie sehr sie ihn vermissten und wie sehr sie hofften, dass er bald wiederkäme. Nach einer Weile würden die Menschen dann das Interesse verlieren. Man würde ihn einfach vergessen. Vielleicht würden Backe, Montag und Lilly noch manchmal an ihn denken und sich fragen, was aus ihm geworden war, aber auch sie hätten anderes zu tun und ihr Leben würde weitergehen – ohne ihn.

Es schien, als hätte er keine andere Wahl, wenn er diesem Schicksal entgehen wollte. Eilig kehrte Zorro in sein Zimmer zurück und schloss die Tür hinter sich. Er atmete stoßweise, der Schweiß lief ihm über die Stirn. Er musste sich beruhigen. Er brauchte jetzt einen klaren Kopf. Er musste das Schloss noch heute Nacht verlassen, und zwar für immer. Angst stieg in ihm auf und er versuchte, sie zu unterdrücken. Seine Eltern hatten sicherlich einen guten Plan, er hingegen musste sich erst einen zurechtlegen. Er durfte nicht unbedacht handeln, keinen Fehler begehen. Am drängendsten beschäftigte ihn eine Frage: Wohin sollte er eigentlich gehen? In Hamburg hätte es zahlreiche Möglichkeiten gegeben, aber hier? Er kannte genau drei Menschen außerhalb seiner Familie. Lilly, Backe und Montag. Und genau genommen kannte er sie gerade erst drei Tage. Drei Tage, in denen viel passiert war. Aber kaum genug, um zu ihnen zu gehen und ihnen die ganze Geschichte zu erzählen. Je mehr er jedoch darüber brütete, desto deutlicher wurde es ihm, dass er keine Alternative hatte. Es gab keinen Zug und keinen Bus mehr, der heute Nacht noch von Dösterfelde aus fahren würde. Und selbst wenn, dann würde wohl jeder Busfahrer und jeder Schaffner sofort die Polizei rufen, wenn er um Mitternacht auf einen alleine reisenden Jugendlichen traf.

Zorro überlegte kurz, ob er nicht doch gleich hier zur Polizei gehen sollte. Aber genau das wollte er nicht und konnte er nicht. Wieder dachte er an Tessi. Seine einzige Chance, sie zu retten, bestand darin, es bis nach Hamburg zu schaffen und seine wahren Eltern zu finden, bevor der ganze Skandal um seine Entführung an die Öffentlichkeit gelangte. Erst musste er seine wirklichen Eltern überzeugen, Tessi zu sich zu nehmen, bevor irgendwelche Behörden sie in ein Heim steckten. Es brach ihm das Herz, sie heute zurücklassen zu müssen. Seine geliebte Schwester. Würde er jetzt zur Polizei gehen, blieb seinen Eltern noch genug Zeit, zunächst alles abzustreiten, um sich dann heimlich mit Tessi aus dem Staub zu machen. Noch einmal beschlichen ihn Zweifel. Konnte das wirklich sein? Wären seine Eltern dazu fähig? Er wusste es nicht, aber er hatte jetzt keine Wahl. Das Risiko war zu groß und so weit durfte es nicht kommen. Gut, dachte Zorro, er musste es versuchen. Er ging zu seinem Schrank und öffnete die Tür. Dann griff er wahllos einige T-Shirts, Unterwäsche, Strümpfe, Hosen und Pullis und warf alles aufs Bett. Zuletzt holte er seine Reisetasche unter dem Bett hervor und warf alles hinein. Dann ging er ins Bad und nahm seine Zahnbürste, Seife, Shampoo, Gel und Bürste. Er steckte alles in eine Tüte, die er anschließend ebenfalls in seine Reisetasche legte. Zuletzt griff er sein Sparschwein und öffnete den Deckel an dessen Bauch. Er ließ das Geld auf seinen Schreibtisch kullern und holte die Scheine mit zwei Fingern hervor. Er hatte 52 Euro und 70 Cent. Nicht eben viel, aber genug für die nächsten zwei, drei Tage.

Er steckte alles ein, nahm sein Handy samt Ladekabel und noch eine dickere Jacke. Anschließend setzte er sich seine Baseballkappe auf und sah sich noch einmal um. Er wollte gerade das Zimmer verlassen, als er innehielt. Er kehrte an seinen Schreibtisch zurück, nahm einen Zettel und einen Stift und kritzelte eine Nachricht darauf. Dann faltete er den Zettel zusammen, steckte ihn ein und verließ sein Zimmer.

Draußen auf dem Gang sah er sich noch einmal vorsichtig um und schlich dann zu Tessis Zimmer. Er bückte sich und schob den Zettel unter der Tür hindurch. Danach schlich er die Treppe nach unten.

13. Die Flucht

Kurz darauf ließ Zorro das Schloss und den Garten hinter sich. Er warf einen kurzen Blick zurück, in der Hoffnung, vielleicht noch einmal den Lichtschein zu sehen. Aber da war nichts. Dann blieb er einen Moment stehen und ließ seinen Blick über die Büsche und an den Bäumen vorbei wandern. Er wartete, ob irgendwo im Haus ein Licht angehen würde. Er musste sicher sein, dass ihm niemand folgte. Aber es geschah nichts. Zorro drehte sich um und lief die Landstraße in Richtung Ortszentrum hinunter. Eine innere Stimme mahnte ihn zur Eile. Er hatte Angst, große Angst sogar. So schnell es ging, wollte er weg vom Schloss. Wenn seine Eltern sein Verschwinden zu früh bemerkten, könnten sie ihn ohne Weiteres einholen, und Zorro mochte sich nicht ausdenken, was dann mit ihm geschehen würde. Vielleicht würden sie ihn sofort in den Keller sperren oder gleich an einen unbekannten Ort bringen. In jedem Fall würden sie dafür sorgen, dass er mit niemandem mehr Kontakt haben könnte.

Je mehr er darüber nachdachte, desto mehr beschleunigte sich sein Schritt. Er warf einen letzten Blick über die Schulter. Das Schloss lag immer noch in Dunkelheit. Er musste seinen Vorsprung ausbauen. Nach zehn Minuten erreichte er das Wartehäuschen der Bushaltestelle. Dort ließ er sich auf die Bank sinken und stellte seine Tasche neben sich ab. Er atmete tief durch und legte den Kopf in den Nacken. Es war kühl. Dennoch schwitzte er. Zorro zog die Jacke enger um sich, um nicht auszukühlen und horchte in die Nacht hinein. War da ein Motorengeräusch? Kam da etwa ein Auto aus der Richtung des Schlosses? Er konnte nichts hören. Es war alles still, so wie eine Nacht auf dem Land eben still war. Irgendwo fuhr ein Lastwagen über die Landstraße, und der Wind rauschte in den Blättern. Doch davon abgesehen lag Dösterfelde in tiefster Ruhe und Dunkelheit. Alles schlief. Zorro schaute zum Himmel. Er war sternenklar. Nur einige wenige Wolkenfetzen zogen vorüber. Für einen kurzen Moment versuchte er, Sternbilder zu erkennen. War das der große Wagen? Wie sah eigentlich noch einmal die Kassiopeia aus?

Dann spürte er ein Ziehen in der Magengegend. Er fragte sich, warum er eigentlich nichts Essbares mitgenommen hatte, geschweige denn etwas zu trinken. Was, wenn er die ganze Nacht irgendwo im Wald oder unter einer Brücke hocken müsste? Er würde frieren und hungern. Erst am Morgen, wenn die Bäckerei im Ort öffnete, könnte er sich ein Brötchen und Milch kaufen. Natürlich hätte er sich etwas von zu Hause mitnehmen können, aber es war viel zu riskant gewesen, noch in die Küche zu gehen. Wäre er dort auf jemanden getroffen, wäre seiner Flucht ein Ende gesetzt worden. Nein, er hatte das einzig Richtige getan. Nur so bestand eine Chance, dass er seinen Entführern entkommen konnte. Zorro stand wieder auf und griff seine Tasche. Vorsichtig sah er um die Seitenwand des Wartehäuschens. Nichts. Dann machte er sich auf in Richtung Ortszentrum.

Es dauerte nicht lange, bis er die ersten Häuser erreichte. Er bog nach rechts in die Hauptstraße, lief vorbei an der Bäckerei, dem Schreibwarenladen und der Apotheke. Dann blieb er plötzlich stehen. War da ein Geräusch gewesen? Nein, es war nichts. Er ging weiter. Er bog vier- oder fünfmal ab, bis er den kleinen Park vor dem Rathaus erreichte. Der Brunnen ragte wie ein grauer Fels in die Nacht hinein. Zorro hörte den Kies unter seinen Schuhen knirschen. Ein paar Meter weiter rechts erblickte er plötzlich eine Katze. Sie hockte am Fuß eines Baumes und ließ ihn nicht aus den Augen. Er bückte sich und schnalzte mit der Zunge, um sie anzulocken, aber die Katze lief davon. Er sah ihr nach, wie sie über das Kopfsteinpflaster in Richtung des historischen Rathauses verschwand. Erneut ließ Zorro sich auf eine Bank sinken. Er schaute sich um. Weit und breit konnte er keinen Platz entdecken, an dem er vor Wind und Wetter geschützt den Rest der Nacht verbringen konnte. Und was, wenn er einfach hier auf der Bank einschlief? Die Straßenreinigung oder ein früher Spaziergänger würde ihn finden und mit Sicherheit die Polizei verständigen. Das durfte auf keinen Fall passieren.

Erneut dachte Zorro an seine Freunde. Er sah keine andere Möglichkeit. Sie mussten ihm helfen. Es war schließlich ein Notfall. Zunächst dachte er an Lilly. Auch wenn er mit ihr bislang nur wenig Zeit verbracht hatte, vertraute er ihr. Er hatte das Gefühl, ihr alles erzählen zu können. Sie hatte sich ihm ja ebenso anvertraut, als sie von ihrem Problem mit dem Lehrer berichtet hatte. Zudem glaubte Zorro, dass sie es gewesen war, die ihn am Nachmittag in das Jugendzentrum eingeladen hatte. Doch dann störte etwas seine Gedanken. Lillys Vater war Polizist in Dösterfelde. Wenn er zu Lilly ging, konnte er auch gleich zur Polizei gehen. Nein, das war viel zu riskant. Dann dachte Zorro an Backe. Auch Backe würde ihm bestimmt helfen, aber er lebte weiter draußen auf einem Hof. Das würde bedeuten, dass Zorro bestimmt noch eine Stunde laufen musste. Zudem war er sich nicht einmal sicher, wo genau der Hof lag. Und dann traf es ihn wie ein Blitz. Warum hatte er überhaupt so lange darüber nachgedacht? Natürlich würde er zu Montag gehen. Wer, wenn nicht Montag, würde jemandem helfen, der auf der Flucht war? Montags Eltern hatten es nur mit Hilfe von Freunden geschafft, Somalia zu verlassen. Sie würden doch jemandem, der Hilfe suchte, diese nicht verweigern. Augenblicklich erfüllte ihn ein Gefühl von Zuversicht und Wärme. Zorro stand auf, nahm seine Tasche und lief in Richtung der Straße, in der er Montags Haus vermutete. Er hatte es am Nachmittag gesehen, als Elmar sie vom Studio nach Hause gefahren hatte. Aber natürlich hatte er nicht genau darauf geachtet. Dennoch traute er sich zu, das Haus zu finden. Es lag nördlich des Rathauses. Zorro schlenderte durch die Mühlengasse, bog dann in die Poststraße und lief quer über den Kirchplatz, vorbei an der Kirche und dem Jugendzentrum. Dahinter schloss eine weitere Straße an. Es war die Bürgermeister-Hohlmeier-Straße. Und dann erkannte Zorro ein Haus wieder. Es war ihm am Nachmittag aufgefallen. Im Vorgarten standen ein Trampolin und eine Schaukel. Direkt dahinter lag das Haus, in dem Montag mit seinen Eltern wohnte.

Als Zorro vor dem Haus stand, zögerte er einen Moment. Er wusste nicht, was er nun machen sollte. Er konnte ja nicht einfach klingeln. Es war sicherlich schon nach Mitternacht. Leise schlich Zorro deshalb um das Haus herum. Es war ein schlichtes weißes Haus mit Spitzgiebeldach und weiß getünchten Mauern. Der Vorgarten war bunt und wild bewachsen. Neben der Eingangstür hatte eine kleine Holzbank gestanden und davor ein Bobbycar. Montag hatte also noch einen kleinen Bruder oder eine kleine Schwester. Zorro schlich in einen Gang, der zwischen Montags Haus und dem Nachbarhaus entlanglief. Er blickte hinauf zu den Fenstern. In einem der Fenster sah er noch ein kleines Licht brennen. Vielleicht war es das Fenster von Montags Bruder oder Schwester. Zorro reckte sich. Nun konnte er ein wenig von der Rückwand des Raumes sehen. Dort erkannte er die oberen Ränder von zwei Postern. Das eine Poster erkannte Zorro sofort. Es hing auch in seinem Zimmer und zeigte Johnny D. Das musste also Montags Zimmer sein. Zorro sah sich am Boden um, bis er zwei kleine Steine entdeckte. Er nahm die Steine, zielte und warf sie mit leichtem Schwung gegen die Fensterscheibe. Der Aufprall klang laut in die Stille der Nacht. Zorro erschrak und machte instinktiv einen Schritt zurück in den Schatten des Nachbarhauses. Doch nichts geschah. Dann setzte Zorro zu einem erneuten Wurf an. Wieder klirrte die Scheibe. Einen kurzen Moment später sah Zorro einen Schatten hinter der Scheibe. Dann wurde das Fenster geöffnet. Trotz der Dunkelheit erkannte Zorro Montag auf den ersten Blick. Montag beugte sich aus dem Fenster und sah nach unten.

Bevor Montag sich wieder zurückziehen konnte, zischte Zorro in die Nacht: „Hey, Montag, hier unten. Ich bin es, Zorro!"

„Zorro? Was machst du denn hier um diese Zeit?"

„Entschuldige, dass ich dich störe. Es ist dringend!", sagte Zorro und machte ein zerknirschtes Gesicht.

„Hast du eine Idee für einen neuen Song?", fragte Montag spöttisch.

„Nein, wirklich dringend!", setzte Zorro nach. „Kann ich dich kurz sprechen?"

Montag schien für einen Moment zu überlegen. Dann nickte er. „Ich komme runter, warte auf mich."

Zorro zog sich wieder in den Schatten des Nachbarhauses zurück und hockte sich an die Wand. Sein Blick fiel noch einmal auf die Straße, aber es war noch immer niemand vorbeigekommen. Wenige Minuten später hörte Zorro das leise Klicken des Schlosses von Montags Haustür und dann das schlurfende Geräusch von Schlappen, die zu ihm herübergelaufen kamen. Kurz vor ihm blieb Montag stehen und sah abwechselnd auf ihn, wie er am Boden hockte, und auf seine Tasche. Montag trug seinen Pyjama und hatte sich eine Jacke übergeworfen. Seine Füße steckten in einem Paar Flip-Flops.

„Was ist los?", wollte Montag wissen.

„Können wir irgendwo in Ruhe reden?", fragte Zorro.

„Jetzt?"

„Es ist wirklich dringend!", sagte Zorro und unterstrich seine Aussage mit einem verzerrten Gesichtsausdruck. „Wirklich!"

„Okay, okay“, gab Montag nach und sah sich um. „Wir können in den Schuppen gehen. Dort haben wir auch Licht.“

Sie liefen die paar Meter zum Schuppen hinter dem Haus, wo Montag seinen Schlüssel hervorholte und das Vorhängeschloss der kleinen Holztür öffnete. Mit einem leisen Knarren öffnete sie sich. Die beiden Jungen schlüpften hinein und Montag drehte an dem alten schwarzen Schalter, wodurch eine kahle Glühbirne im Inneren des Schuppens eingeschaltet wurde. Im Schuppen befand sich eine Schubkarre, auf der einige Werkzeuge lagen. An der Wand lehnten ein paar Holzbretter und ein altes Fahrrad. Links gab es eine Werkbank, über der ein altes Sprossenfenster den Blick in den Garten freigab. Hinter der Werkbank standen zwei alte Sessel, die übereinandergestapelt waren. Zuletzt fiel Zorros Blick auf zwei schlichte Holzstühle und eine Zinkwanne sowie ein verzinktes Waschbecken an der Wand mit einem schlichten Wasserhahn.

„Ist kein Viersterne-Hotel“, sagte Montag, „aber hier sind wir ungestört.“

„Sehr gut“, meinte Zorro und stellte seine Tasche auf die Werkbank.

„Also, nun lass mal hören.“ Montag zog die beiden Stühle heran. Zorro setzte sich und begann zu erzählen.

Nachdem Zorro geendet hatte, atmete Montag tief ein und nickte bedächtig. Er ließ Zorro dabei nicht aus den Augen.

„Und du bist dir ganz sicher?“, fragte Montag noch einmal nach.

Zorro nickte. Er war sich ganz sicher. Es gab keinen Zweifel.

„Ich weiß einfach nicht, wohin?“, sagte er zu Montag.

Erneut nickte Montag bedächtig. „Zurück kannst du nicht, das ist klar. Zur Polizei könntest du, aber du hast Angst, dass du Tessi damit schadest. Das verstehe ich auch. Nur weiß ich nicht, ob dein Plan wirklich gut ist“, gab Montag zu bedenken. „Ich meine, du hast keinen Anhaltspunkt, wo deine Eltern in Hamburg wohnen.“

„Ich habe meinen echten Namen“, erwiderte Zorro. „Jonas Goldacker.“

Wie viele Goldackers mochte es in Hamburg wohl geben? Sicherlich nicht so viel wie Meiers, Müllers oder Schmidts. Aber sicherlich noch immer genug, um erst einmal eine ganze Weile suchen zu müssen.

„Ich weiß, aber ich muss zuerst schleunigst weg aus Dösterfelde. Ich habe in Hamburg genug Leute, bei denen ich Unterschlupf finden kann. Kannst du mir bis dahin helfen?“

„Natürlich helfe ich dir. Ich hoffe nur, dass das, was wir hier machen, wirklich das Richtige ist“, sagte Montag.

Zorro nickte und biss sich auf die Unterlippe. War es das Richtige? Es war zumindest das einzig Mögliche für ihn.

„Okay“, sagte Montag. „Ich bringe dir eine Isomatte und einen Schlafsack. Etwas zu trinken und einen Schokoriegel oder so bekomme ich auch noch zusammen. Dann bleibst du heute Nacht erst einmal hier im Schuppen. Da findet dich garantiert niemand. Meine Eltern kommen hier vielleicht ein- oder zweimal im Jahr hin. Morgen sehen wir dann weiter.“

„Danke!“, sagte Zorro erleichtert. „Aber wirklich kein Wort zu niemandem, okay?“

„Ey, wenn einer weiß, was es bedeutet, auf der Flucht zu sein, dann ja wohl meine Familie und ich", versicherte Montag und gab Zorro einen freundschaftlichen Stoß gegen die Schulter. „Warte einfach hier auf mich, ich bin gleich wieder da."

Während Montag den Schuppen verließ, überlegte Zorro, wo er sich am besten hinlegen konnte. Dann entschied er sich für die alten Sessel, die am hinteren Ende der Werkbank standen. Er hob den oberen Sessel herunter und stellte beide Sessel voreinander. Wenn er dann die Isomatte darauflegen würde, hätte er ein leidlich gemütliches Bett. Wenige Minuten später stand Montag wieder in der Tür. Er hatte einen Schlafsack unter dem Arm und eine Isomatte über der Schulter. Dazu trug er einen Korb mit Keksen, einer Flasche Wasser, einem halben Laib Brot, zwei Würstchen und zwei Käseecken.

„Ist nicht viel, aber ich denke, für heute Nacht sollte es reichen", sagte Montag und stellte alles ab. „Ah, ich sehe, du hast die Sessel schon entdeckt. Sehr gut."

Dann legten sie die Isomatte auf die beiden Sessel und warfen den Schlafsack darauf.

„Ach so, das Waschbecken sollte auch funktionieren. Wenn du dir also die Zähne putzen möchtest, weißt du Bescheid. Ich bringe dir morgen dann noch ein Handtuch."

„Vielen Dank", sagte Zorro und reichte Montag die Hand. Doch der ignorierte die Geste und nahm Zorro kurzerhand in den Arm.

„Ist doch klar, dass ich dir helfe. Hoffen wir also das Beste. Schlaf jetzt. Ich komme dann morgen früh vor der Schule noch einmal kurz rein." Damit löste Montag sich, berührte mit seiner Faust Zorros Faust und sah ihn nachdenklich an: „Ich werde für dich beten, mein Freund.“ Damit verließ Montag den Schuppen.

Zorro zog die Tür zu und sah sich noch einmal um. Das war nun also seine Unterkunft für die Nacht. Nicht eben komfortabel, aber trocken und mit einem weichen Bett. Er war nun so müde, dass er sicherlich schnell einschlafen würde – trotz der tausend Gedanken, die in seinem Kopf umherkreisten. Er zog seine Schuhe, Hose und Pulli aus und legte alles über die Lehne des einen Stuhls. Dann huschte er zum Lichtschalter und knipste das Licht aus. Zuletzt schlüpfte er in den Schlafsack und drehte sich noch zweimal, bis er eine gute Position zum Schlafen gefunden hatte. Aus seiner Position konnte er noch eine Ecke des kleinen Fensters über der Werkbank sehen. Im Mondlicht erkannte er zwei Äste eines alten Apfelbaumes, der wohl in Montags Garten stand. Er fragte sich noch einmal, ob sein Verschwinden schon bemerkt worden war. Doch dann fiel er in einen unruhigen, traumlosen Schlaf.

14. Gute Nachrichten

Zorro wachte mit einem Niesen auf und drückte sich instinktiv die Hand vor den Mund. Dann nieste er noch einmal. Nun war er endgültig wach. Er rieb sich die Augen und fuhr mit der rechten Hand durch die Haare. Dann gähnte er noch ausgiebig und streckte zuletzt seine Arme über seinen Kopf. Zorro sah nach draußen. Der Tag war bereits angebrochen, aber das Licht verriet ihm, dass es noch früh am Morgen sein musste. Vielleicht sechs oder sieben Uhr. Für einen Moment beobachtete er die Staubkörner, die im Licht tanzten, das durch das kleine Fenster fiel. Am helllichten Tag sah der Schuppen viel freundlicher aus. Zorro sah jetzt auch noch ein paar Gegenstände, die ihm in der Nacht gar nicht aufgefallen waren. Eine Harke, einen alten Rasenmäher, eine Gießkanne aus Blech und einige Werkzeuge, die an einem Holzbrett an der Wand gegenüber hingen. Zudem stand noch ein altes Hollandrad mit platten Reifen neben der Tür. Kein Wunder, dass Montags Eltern selten hierher kamen. Es gab wirklich nichts in diesem Schuppen, womit man sich die Zeit vertreiben konnte. Aber das war sein Glück.

Zorro zog die Beine aus dem Schlafsack und schwang sie über die Lehne des Sessels. Er richtete sich auf. Erneut streckte er sich. Dann nahm er seine Hose und schlüpfte hinein, zog sich den Pulli über und schlüpfte in die Schuhe. Als er damit fertig war, holte er seine Zahnbürste und die Seife aus seiner Tasche und ging hinüber zu dem alten Waschbecken an der Wand. Er öffnete den Wasserhahn, was erstaunlich leicht war, und wartete ein paar Sekunden. Das Wasser war eiskalt. Zorro putzte sich die Zähne und wusch sich das Gesicht. Dann fuhr er mit den Fingern durch die Haare und legte ein wenig Gel nach. Es war zwar nicht das gleiche wie eine Dusche, aber so würde er immerhin durch den Tag kommen. Danach setzte er sich wieder auf den Sessel und wartete.

Er zog sein Handy hervor und prüfte seine Nachrichten, als ihm plötzlich der Atem stockte. Es war nicht etwa eine Nachricht seiner Eltern, sondern von einem Thommy. Zorro kannte keinen Thommy. Aber was Zorros Hände vor lauter Schweiß nass werden ließ, war die Absenderadresse von Thommy. Es war die E-Mail-Adresse von *Elbe Records.* Eilig überflog Zorro den Text. Doch er war viel zu aufgeregt, um alles auf Anhieb zu begreifen. Alles, was er sah, waren Worte wie „Großartig“, „Genial“, „Hit“. Zorros Atem beschleunigte sich. Er ging zurück zum Anfang der Nachricht. Sie war bereits gestern Nacht verfasst worden. Nur zwei oder drei Stunden, nachdem er seinen Titel abgeschickt hatte. Sie hatten sich den Song sofort angehört und waren begeistert. Sie wollten ihn und Montag treffen. Der Song müsste unbedingt veröffentlicht werden. Zorro konnte sein Glück kaum fassen. Immer wieder las er die Nachricht von Anfang bis Ende. Ja, es stimmte, sie wollten ihn sehen und zwar so schnell wie möglich. Zorro wollte schon laut aufjauchzen, als er sich reflexartig die Hand vor den Mund drückte. Er durfte jetzt nicht auffallen, bloß keinen Fehler machen. Er ballte die rechte Hand zur Faust und boxte in die Luft um ihn herum. Er musste seine Freude irgendwie herauslassen. Alles um ihn herum schien zu verschwinden, sich zu verwandeln. Plötzlich sah selbst der Schuppen richtig gemütlich aus. Die Welt war auf einmal wunderschön. Seine Angst, seine Sorgen – alles schien wie weggeblasen. Elbe Records wollte seinen Song veröffentlichen. Er würde ein Hip-Hop-Star werden. Mit einem Song hatte er genau das erreicht, wonach abertausende Casting-Stars sich sehnten. Schon bald würde er mit den größten Stars der Szene zusammenarbeiten. Johnny D. featuring MC Zorro, zog es vor seinem geistigen Auge vorbei. Er hüpfte im Raum herum und grinste über das ganze Gesicht, als ihn eine Stimme zusammenzucken ließ.

„Alles in Ordnung?“, fragte Montag und legte ein Handtuch sowie ein paar Lebensmittel auf die Sitzfläche des einen Stuhls.

„Und ob“, jauchzte Zorro und nahm seinen Freund in den Arm. „Hier, lies!“

Montag sah auf den Text, der auf dem Display leuchtete. Sein Blick wurde plötzlich ernst. „Das passt jetzt gerade nicht so gut, oder?“

„Was, wieso?“, fragte Zorro.

„Na ja, du hast doch gerade andere Sorgen“, gab Montag zu bedenken. „Ich weiß nicht, ob ein Sieg bei dem Wettbewerb dir jetzt hilft. Du wolltest doch deine Eltern suchen.“

„Ja, natürlich", beschwichtigte Zorro. „Aber das ist doch gerade meine Chance. Stell dir vor, die holen mich nach Hamburg. Dort werde ich dann natürlich während der Aufnahmen in einem Hotel wohnen, und während ich im Studio bin, kann ich doch nebenbei nach meinen Eltern suchen."

Montag schüttelte den Kopf. „Du glaubst doch nicht im Ernst, dass die einen vierzehnjährigen Jungen allein nach Hamburg holen!"

„Warum nicht?", fragte Zorro enttäuscht, doch er spürte, dass Montag wohl recht haben würde.

„Weil du das ohne deine Eltern gar nicht darfst. Bevor du dahin kannst, müssen deine Eltern dem doch zustimmen", erklärte Montag und beendete das Thema. „Ich habe dir ein Handtuch mitgebracht. Wenn du willst, kannst du die Zinkwanne da vorne nehmen und dich darin waschen. Es ist zwar keine Dusche, aber besser als nichts. Damit es nicht so unerträglich kalt wird, habe ich noch das hier dabei." Montag hielt einen Wasserkocher hoch. „Damit kannst du dir wenigstens ein wenig Wasser warm machen. Es dauert sicherlich ein wenig, aber vielleicht klappt es. Die Steckdose ist hier neben dem Lichtschalter."

„Danke, Montag", sagte Zorro. Es berührte ihn sehr, wie Montag ihm half, obwohl sie sich erst seit drei Tagen kannten. „Du hast wirklich etwas gut bei mir."

Montag lächelte und meinte: „Kein Thema! Okay, ich gehe nun in die Schule und werde dann überlegen, was wir machen können. Am besten bleibst du heute noch hier im Schuppen. Meine Mutter ist bis 16 Uhr im Krankenhaus und mein Vater fährt heute für zwei Tage auf eine Konferenz. Damit bist du hier noch sicherer. Ich würde dir dennoch nicht empfehlen, den Schuppen zu verlassen. Spätestens jetzt haben deine Eltern die Polizei verständigt und die werden bestimmt zuerst den ganzen Ort absuchen. Na, du weißt ja selbst, wie klein Dösterfelde ist. Wenn du hier einfach auf der Straße umherspazierst, wird es nicht lange dauern, bis du wieder im Schloss bist."

Zorro nickte. Er wusste, dass Montag recht hatte. „Klar, mache ich", sagte er. „Wirst du mit Lilly und Backe über letzte Nacht sprechen?"

Montag zögerte einen Moment und gab dann zur Antwort: „Weiß ich noch nicht. Mit Backe habe ich kein Problem, aber bei Lilly weiß ich nicht, ob sie es vor ihrem Vater geheim halten kann oder will. Mal sehen. Ich muss ja selbst erst einmal über alles nachdenken. Also dann, wenn ich aus der Schule zurückkomme, besuch ich dich wieder."

Damit verschwand Montag wieder und Zorro schloss die Tür hinter seinem Freund. Er ließ sich wieder auf den Sessel fallen und las die E-Mail von Elbe Records ein weiteres Mal. Dann richtete er seinen Blick für einen Moment auf die gegenüberliegende Wand und begann, eine Antwort zu schreiben.

Der Vormittag schien sich ewig hinzuziehen. Zorro durchlief den Schuppen mehrmals, nahm einige der herumliegenden Gegenstände, betrachtete sie und legte sie zurück. Dann setzte er sich wieder hin und starrte auf sein

Handy, um es im nächsten Moment wieder in die Tasche zu stecken. Warum nur hatte er sich nichts zum Lesen mitgebracht? Immer, wenn er draußen eine Sirene hörte, fragte er sich unwillkürlich, ob es die Polizei war, die gerade auf der Suche nach ihm wäre. Durch das Fenster versuchte er sogleich, irgendetwas zu sehen, aber außer dem alten Apfelbaum in Montags Garten konnte er nichts erspähen. Es war schrecklich langweilig. Wenn es nicht mehr auszuhalten war, las er wieder die E-Mail von Elbe Records und jedes Mal freute er sich aufs Neue. Er fragte sich, wann sie ihm wohl auf seine Nachricht antworten würden? Irgendwann gegen elf Uhr konnte er es nicht mehr aushalten und schlief erneut ein.

Erst als er Montags Stimme an seinem Ohr hörte, wachte er wieder auf.

„Hey, aufwachen, du Schlafmütze", weckte ihn Montag.

Zorro öffnete die Augen und blinzelte unsicher. Neben Montag standen zwei weitere Personen. Zorro rieb sich die Augen. Es waren Lilly und Backe. Für einen kurzen Moment war sich Zorro unsicher, ob er sich freuen sollte oder ob es ein Problem war. Lilly bemerkte seine Unsicherheit und sagte sofort: „Keine Angst, ich habe zu Hause nichts gesagt."

Zorro rappelte sich auf und fuhr sich durch die Haare. Dann lächelte er seine Freunde an.

„Montag hat uns alles erzählt", erklärte ihm Backe. „Heute gab es in der Schule schon einen großen Aufruhr. Lillys Vater ist durch alle Klassen gegangen und hat nach dir gefragt. Deine Eltern, also die Leute, die vorgeben, deine Eltern zu sein, sind wohl sehr aufgewühlt. Sie machen sich große Sorgen."

„Das glaube ich gern", sagte Zorro und stand auf. „Wahrscheinlich haben sie nun Angst, dass alles auffliegt."

„Wie bist du ihnen eigentlich auf die Schliche gekommen?", fragte Lilly.

Zorro begann, ihnen alles zu erzählen. Von dem Zettel, auf dem er als vermisst gemeldet wurde, über die fehlenden Kinderfotos von ihm, bis zu den Kameras. Nun berichtete er auch von den seltsamen Vorfällen in den vergangenen Nächten und dem Lichtstrahl der Taschenlampe, den er gesehen hatte.

„Ich habe selbst lange gedacht, dass ich mir das alles nur einbilde", meinte Zorro. „Aber jetzt bin ich mir sicher. Alles spricht gegen sie."

„Bleibt nur eine Frage", wandte Backe ein und kratzte sich am Kopf.

„Und die lautet?", wollte Montag wissen.

„Warum haben deine Eltern dich entführt?", sagte Backe. „Ich meine, es wäre für sie doch viel sicherer gewesen, wenn sie einen Jungen aus einem anderen Ort als Hamburg entführt hätten, oder nicht? So mussten sie doch immer damit rechnen, dass man ihnen irgendwann auf die Schliche kommt."

„Deshalb sind wir ja nun hierher gezogen", erwiderte Zorro. „Damit man mich nicht findet."

„Okay, aber selbst wenn du als Kind nur mit deinen Eltern unterwegs gewesen bist, bestand doch die Gefahr, dass dich irgendwer erkennen würde, oder nicht?", fügte Lilly hinzu.

„Ja, kann schon sein, klar", erwiderte Zorro. „Ich weiß es nicht."

„Und was, wenn irgendeine große Verbrecherorganisation dahintersteckt?", sagte Backe.

„Wie meinst du das denn?", fragte Montag.

„Na, halt so eine große Organisation, wie die Mafia, oder so?"

„Ja, was heißt das? Was wäre dann?", fragte Lilly.

„Vielleicht wollten sie Zorros richtige Eltern erpressen. Damit das aber klappte, mussten seine richtigen Eltern wissen, dass es Zorro gut ging. Vielleicht durften sie dich sogar manchmal sehen, oder so?", mutmaßte Backe.

„Das ergibt doch alles keinen Sinn", entgegnete Lilly. „Wenn Zorros richtige Eltern ihn hätten sehen dürfen, hätten sie doch keine Vermisstenanzeige aufgegeben."

„Na ja, was aber, wenn sie wussten, dass sie Zorro selbst nicht aus der Hand der Entführer befreien konnten? Vielleicht haben sie darauf gehofft, dass die Polizei oder am besten irgendjemand anders ihn findet und sie ihn so wiederbekommen", sagte Backe.

„Es gibt nur einen Weg, das herauszufinden. Ich muss nach Hamburg, um meine Eltern zu sehen", meinte Zorro entschlossen.

„Das wird nicht leicht", wandte Lilly ein. „Ich habe von meinem Vater gehört, dass sie alle Polizeidienststellen, Busunternehmen und die Bahn bereits informiert haben. Sie alle haben bereits ein Bild von dir bekommen."

„Mann", sagte Zorro wütend und schlug mit der Hand in die Luft. Das waren schlechte Neuigkeiten.

Seine Freunde standen stumm vor ihm. Nun schien es, als wäre er bis auf Weiteres hier im Schuppen eingesperrt.

„Wir werden versuchen, einen Weg zu finden", sagte Montag, aber es klang nicht überzeugend. Zorro nickte, wobei er nervös auf seiner Unterlippe herumkaute.

„Ich werde über meinen Vater verfolgen, was weiter passiert, und halte dich auf dem Laufenden, okay?", meinte Lilly mit einem Lächeln. „Vielleicht legt sich die Aufregung ja bald."

„Und was, wenn Zorro sich verkleidet?", fiel es Backe plötzlich ein. „Wir könnten ihm doch ein paar Sachen besorgen, schneiden ihm die Haare und färben sie ihm oder so. Sodass ihn keiner erkennt?"

Montag musste kurz auflachen, aber Lilly sagte sofort: „Zu gefährlich. Wir müssen alles verhindern, was Zorro in Gefahr bringt. Wenn das auffliegt, bringt die Polizei ihn doch zurück zu seinen Eltern. Nein, ich schlage vor, dass Zorro zunächst hier bleibt. Noch ein oder zwei Tage. Wir überlegen in der Zeit, wie wir dich hier aus Dösterfelde heraus bekommen, ohne dass dich jemand sieht."

Zorro wusste, dass Lilly recht hatte. Es wäre zu gefährlich, wenn er jetzt einfach rausgehen würde. Also nickte Zorro.

„Hey Leute, wir reden ja schon wie ein echter Geheimbund oder so", sagte Backe und lächelte.

„Stimmt“, pflichtete Montag ihm bei. „Parole Zorro!“

„Oder wie wäre es …“

„Hey, wartet mal“, meldete sich Lilly. „Die Idee ist gar nicht so schlecht. Ich meine, wenn wir deine Flucht planen, wäre es vielleicht ganz gut, wenn wir eine Art Codewort haben⸮ Wie wäre es mit *Weißes Z*⸮“

„Wieso *Weißes Z* ⸮“, wollte Montag wissen.

„Na Z für Zorro und weiß, weil es die Farbe des Friedens ist und der Guten und des Lichts“, erklärte Lilly.

„Ja, okay, abgemacht“, sagte Backe. „Wir sind das *Weiße Z.*“

Auch Montag und Zorro nickten.

„Gut. Ich glaube, wir brauchen bei der ganzen Aktion jede Hilfe, die wir kriegen können“, sagte Lilly.

„Hey, Vorsicht!“, mahnte Zorro. „Wir sollten nicht zu viele Menschen einweihen, sonst kommt es vielleicht doch noch alles raus und ich werde gefunden.“

Lilly lächelte: „Ich meine nicht, dass wir noch mehr Menschen einweihen. Aber wir sollten den, der ohnehin alles sieht, noch mit ins Boot holen.“

Backe und Montag nickten wissend. Zorro hingegen hatte keine Ahnung, wovon sie sprachen. Dann neigten die drei ihre Köpfe, schlossen die Augen und Montag begann zu beten. Für einen Moment war Zorro verwirrt. Doch dann sagte etwas in ihm, dass es hier schließlich um ihn gehe und er deshalb vielleicht auch beten sollte. Sie hatten ja recht, er konnte jede Hilfe gebrauchen. Auch wenn er eigentlich nicht an Gott glaubte, würde es wahrscheinlich nicht schaden. Davon abgesehen waren die drei Menschen, die ihm hier halfen, allesamt Christen. So schlecht konnte das also nicht sein. Sie riskierten viel für ihn, obwohl sie ihn erst seit wenigen Tagen kannten. Wenn sie ihm also vertrauten, dann sollte er ihnen im Gegenzug auch vertrauen. Und wenn sie auf Gottes Hilfe vertrauten, dann würde er das ebenfalls tun. Damit neigte Zorro seinen Kopf und schloss die Augen.

15. Die Zeit drängt

Nachdem seine Freunde gegangen waren, legte Zorro sich wieder auf seinen Sessel und aß etwas von den Dingen, die Montag ihm gebracht hatte. Er verbrachte den Rest des Nachmittags damit, über sein Handy im Internet zu surfen und weiter gelangweilt im Schuppen umherzugehen. Dabei entdeckte er ein altes Schloss und ein verrostetes Taschenmesser. Am Abend kam Montag dann noch einmal kurz vorbei und brachte ihm einen Teller mit Nudeln und Tomatensoße in einer Plastikschale und eine Flasche Orangensaft. Dazu reichte er ihm eine Packung Taschentücher und einen Eimer mit Wasser darin. Als Zorro ihn fragend ansah, sagte Montag nur kurz „Deine Toilette", und verschwand wieder.

Eine ganze Weile lag Zorro danach noch auf den Sesseln, schaute aus dem kleinen Fenster und spielte mit dem Taschenmesser. Es war gegen 20 Uhr gewesen, als plötzlich sein Handy mit einem Ton signalisierte, dass er eine neue Nachricht erhalten hatte. Sofort zog Zorro das Handy aus der Tasche. Augenblicklich zeigte sich ein breites Grinsen auf seinem Gesicht. Es war erneut eine Nachricht von Thommy. Eilig las Zorro die Nachricht. Thommy fragte ihn, ob es wohl möglich wäre, dass sie sich morgen treffen könnten. Er, also Thommy, würde nach Dösterfelde kommen und ihn persönlich treffen. Den Ort sollte Zorro bestimmen.

Noch einmal ließ er Zorro wissen, wie begeistert das gesamte Team von Elbe Records von dem Titel sei. Sie wollten ihn deshalb unbedingt kennenlernen. Natürlich könnten sie sich treffen, dachte Zorro. Er konnte es kaum erwarten. Doch dann schreckte er zurück. Wo sollten sie sich überhaupt treffen? Er konnte Thommy und das Team wohl kaum hierher in den Schuppen einladen. Und den Schuppen konnte er allein nicht verlassen. Er steckte in einer Zwickmühle. Zorro sah erneut auf die Nachricht und überlegte angestrengt. Dann kam ihm eine Idee. Er musste sich nur eine gute Ausrede überlegen, aber da würde ihm bis morgen schon etwas einfallen. Bald darauf fiel Zorro in einen tiefen, traumlosen Schlaf.

Am nächsten Morgen wurde Zorro früh von einem Geräusch geweckt. Es kam von draußen aus dem Garten. Zorro schreckte auf und sprang mit einem Satz von seinen Sesseln. Dann hockte er sich so unter die Werkbank, dass er von außen nicht gesehen werden konnte. Vorsichtig hob er seinen Kopf und versuchte, nach draußen zu sehen. Auf den ersten Blick konnte er nichts erkennen. Doch dann tauchte eine Frau mit schwarz-glänzenden Haaren und dunkler Hautfarbe in Zorros Sichtfeld auf. Das musste Montags Mutter sein. Sie schien sich mit jemandem zu unterhalten. Vorsichtig reckte Zorro seinen Kopf weiter nach oben und jetzt erkannte er die weiße Dienstmütze mit dem schwarzen Schirm. Es war unverkennbar eine Polizeimütze. Ob das Lillys Vater war? Zorro sah, dass Montags Mutter den Kopf schüttelte.

Wahrscheinlich hatte der Polizist sie gerade gefragt, ob sie jemanden gesehen hatte. Zorro stockte der Atem. Was, wenn die Polizei einmal im Schuppen nachsehen wollte?

Zorro zog den Kopf wieder ein. Er sah sich um und überlegte. Dann fiel sein Blick auf das alte Regal hinter dem Fahrrad. Vor dem Regal standen ein paar Bretter, die weit genug nach oben ragten, um dahinter etwas zu verstecken. In gebückter Haltung lief Zorro zu den beiden Sesseln. Er raffte den Schlafsack und die Isomatte zusammen. Dann griff er die Tüte mit den Lebensmitteln und huschte so schnell er konnte zu dem Regal hinüber. Er stopfte alles hinter das Brett und huschte zurück. Er nahm seine Kleidung und seine Tasche und versteckte beides vor dem Regal, indem er das alte Rad und ein paar Eimer sowie andere Gegenstände davor schob. Nun blieb nur noch ein Problem: er selbst! Wo sollte er sich bloß verstecken? Es gab weder einen Schrank, noch eine geheime Tür, ein Fass, oder was auch immer als Versteck getaugt hätte. Dann fiel sein Blick zur Decke. Das Dach war ein schlichtes Wellblechdach, das auf einem Gerüst aus Metallrohren angebracht war, die ursprünglich von einem Baugerüst stammten. Nun kam Zorro eine Idee. Er griff sich eine alte Decke, die über einem Bottich gelegen hatte und sah sich eilig um. Sein Blick fiel dabei auf ein kleines Regal rechts neben der Tür. Wenn er sich darauf stellte und sich streckte, würde er die Rohre erreichen können. Er musste es versuchen.

Zorro legte sich die Decke über die Schulter und stieg auf das kleine Regal. Zum Glück hielt es sein Gewicht aus.

Dann streckte er sich so weit, wie er konnte. Tatsächlich gelang es ihm, eines der unteren Rohre zu greifen. Er streckte den anderen Arm und hielt sich nun mit zwei Händen an den Rohren fest. Inständig hoffte Zorro, dass das Dach halten würde. Wenn nicht, würde das Dach gleich mit lautem Scheppern zu Boden krachen und er brauchte sich keine Gedanken mehr über sein Versteck zu machen. Dann wüsste ganz Dösterfelde, wo er steckte. Doch die Rohre hielten. Zorro zog sich hoch und es gelang ihm, seinen Oberkörper so hoch zu stemmen, dass er sich über das Rohr legen konnte. Dann zog er die Beine nach und verharrte für einen Moment. Er atmete tief durch. Geschafft. Vorsichtig nahm er die Decke von der Schulter und legte sie über ein weiteres Rohr. Als er damit fertig war, setzte er sich darauf und drängte sich in eine Ecke des Daches. Dann zog er die Decke herüber und legte sie über sich, so dass es – so hoffte Zorro – von unten aussah, als hätte jemand einfach einen Stuhl oder einen größeren Gegenstand hier oben unter dem Dach verstaut. Für einen Moment kam ihm der Gedanke, dass der Polizist vielleicht schon gegangen sein könnte. Vielleicht war die ganze Kletterei völlig umsonst gewesen? Doch gerade in dem Moment, als Zorro überlegte, wieder hinunterzusteigen, hörte er, wie ein Schlüssel ins Schloss gesteckt wurde. Zorro stockte der Atem. Im nächsten Moment wurde die Tür geöffnet und er hörte, wie jemand den Schuppen betrat. Er bemühte sich, nicht zu atmen. Sein Herz pochte so stark, dass Zorro fast sicher war, dass der Eindringling es hören musste.

„Zorro?“, hörte Zorro plötzliche eine vertraute Stimme. Es war Montag. Konnte das sein? Es war doch Schule, oder nicht? Vielleicht hatte der Polizist Montag ja dazu überredet, Zorros Versteck preiszugeben. Vielleicht waren sogar seine Eltern mitgekommen. Zorro beschloss, noch eine Weile hier oben zu verharren.

„Zorro, du kannst rauskommen. Ich bin es, Montag. Ich bin allein!“, sagte Montag und schloss die Tür.

Vorsichtig schob Zorro die Decke zur Seite und sah nach. Dort stand wirklich nur Montag allein.

„Ich bin hier oben“, meldete sich Zorro. Montag sah nach oben und lächelte.

„Gutes Versteck, ich hätte dich nicht so schnell gefunden“, meinte Montag.

Zorro schob die Decke zur Seite und warf sie dann nach unten, wo Montag sie auffing. Dann hangelte Zorro sich ebenfalls nach unten und ließ sich einen Meter über dem Boden fallen. Er federte sich ab und klopfte dann den Staub von seiner Hose.

„Du hast gesehen, wer da war?“, fragte Montag und Zorro nickte.

„Gut“, sagte Montag. „Wir müssen dir ein neues Versteck suchen“, sagte er und sah sich um. „Lilly hat gehört, wie ihr Vater erzählt hat, dass die Polizei morgen den ganzen Ort nach dir absuchen will. Sie kommen mit Hunden. Sie sind sich sicher, dass du noch hier im Ort bist. Deshalb müssen wir sehen, dass wir dich woanders hinbringen.“

„Habt ihr denn ein Idee?“, fragte Zorro.

„Leider nein", sagte Montag. „Zumindest noch nicht. Backe hat vorgeschlagen, dass wir dich nach Oschenhagen bringen. Aber wir haben keine Ahnung, wie du da hinkommen sollst."

Zorro nickte, dann meinte er: „Danke, Montag. Ich möchte euch wirklich keine weiteren Schwierigkeiten bereiten. Ich glaube, nun muss ich selbst sehen, wie ich weiterkomme."

„Glaubst du wirklich, dass wir dich jetzt allein lassen?" Montag sah ihn an, als ob Zorro gerade vorgeschlagen hätte, gemeinsam den Mount Everest zu besteigen. „Natürlich helfen wir dir. Wir brauchen nur einen guten Plan und zwar bald. Sehr bald."

„Aber ihr bringt euch doch selbst in Schwierigkeiten", gab Zorro zu bedenken. „Ich will nicht, dass ihr da alle mit reingezogen werdet."

„Erstens sind wir das ohnehin schon. Ich habe dich hier versteckt und Lilly hat geheime Polizeiermittlungen verraten, um dich zu schützen. Also, wir stecken da alle mit drin. Zweitens bist du unser Freund und ein Mensch, der auf der Flucht vor Verbrechern ist. Da können wir doch nicht einfach so tun, als wäre nichts! Nein, wir helfen dir. Jetzt geht es nur darum zu überlegen, wie?"

„Du bist echt klasse", sagte Zorro. „Ich meine, ihr seid klasse, alle drei."

Montag lächelte kurz.

„Also, ich treffe mich mit Lilly und Backe nach der Schule. Wir gehen dann einmal alle Möglichkeiten durch und dann kommen wir hierher. So lange musst du bitte noch warten, okay?"

„Klar", sagte Zorro. „Aber warum bist du eigentlich jetzt nicht in der Schule?"

„Ich habe gesagt, dass ich Bauchschmerzen hätte", erklärte Montag. „Schließlich musste ich dich warnen!" Montag lächelte erneut.

„Du hast absolut was gut bei mir", sagte Zorro.

„Sieh es einfach als gelebte Weihnachtsgeschichte", meinte Montag ging dann wieder. Zorro verstand das mit der Weihnachtsgeschichte nicht so ganz und legte sich daraufhin wieder auf sein Bett. Er surfte noch eine Weile im Netz, bis ihm der wohlbekannte Ton seines Handys verriet, dass er eine neue Nachricht bekommen hatte. Eilig holte Zorro das Handy hervor. Es war eine Nachricht von Thommy.

„Wir sind ab heute Mittag in Dösterfelde. Würden uns freuen, wenn wir uns irgendwann heute treffen könnten. Lass uns wissen, wann und wo. Gruß, Thommy."

Zorro spürte erneut, wie sein Herz laut zu pochen begann. Und dann dachte er erneut an seine Idee von gestern Abend. Zügig begann er zu tippen.

„Hallo Thommy, freue mich auf euren Besuch. Ich schlage vor, wir treffen uns in der Bürgermeister-Hohlmeier-Str. Ich warte an der Straße auf euch. Lasst mich kurz wissen, wann genau ihr dort sein könnt. Gruß, Zorro."

Nachdem Zorro auf ‚Senden' gedrückt hatte, wartete er ungeduldig. Aber lange musste er nicht warten. Wenige Sekunden später kam bereits die Antwort.

„Können um 12:00 Uhr dort sein, welche Hausnummer? Gruß, Thommy."

Zwölf Uhr war wunderbar, dachte Zorro, aber welche Hausnummer? Er hatte keine Ahnung und er konnte Montag nun nicht mehr fragen. Also schrieb er:

„Das weiße, getünchte Haus mit dem verwilderten Garten, ich warte an der Straße!“, und schon drei Sekunden später sah er die Antwort: *„Alles klar, wir sind pünktlich da! Bis später.“*

Für einen kurzen Moment wunderte Zorro sich, dass Thommy sich offenbar gar nicht über die seltsame Adresse gewundert hatte. Aber dann kam ihm der Gedanke, dass so etwas in der Musikbranche wohl nicht ungewöhnlich sei. Da gab es schließlich ganz andere komische Vögel, mit denen man es zu tun hatte. Angestrengt überlegte Zorro, was er vor dem Treffen noch alles erledigen musste. Dann sah er an sich selbst herunter und beschloss, dass eine Dusche weit oben auf der Liste stand. Er erhob sich und ging hinüber zu dem Wasserkocher, den Montag ihm dagelassen hatte. Er füllte ihn mit Wasser und steckte den Stecker in die Steckdose. Dann zog er die Zinkwanne vorsichtig hervor und sah sich erneut um. In einem der Regale stand noch ein kleiner Plastikeimer. Er nahm ihn und wusch ihn aus, bis er ihm sauber genug erschien. Dann wartete er, bis das Wasser kochte. Zorro füllte etwas von dem kochenden Wasser in den Eimer und füllte diesen dann mit kaltem Wasser auf, bis das Wasser die richtige Temperatur hatte. Dann zog er sich aus und stellte sich in die Zinkwanne. Er griff den Eimer und ließ das Wasser über seinen Kopf laufen. Es spritzte und plätscherte an ihm herunter. Zorro bückte sich, nahm die Seife und das Shampoo und seifte sich ein, so gut er konnte. Dann füllte er den Rest des heißen Wassers in den Eimer, füllte ihn erneut auf und wusch die Seife wieder ab. Zuletzt griff er das Handtuch und rieb sich den Kopf ab. Da er schnell merkte, wie kalt ihm wurde, eilte er auf Zehenspitzen zu seiner Tasche und griff sich ein T-Shirt, Unterwäsche und Socken und zog sich an. Zuletzt nahm er noch eine saubere Jeans und schlüpfte wieder in seine Schuhe. Nachdem er angezogen war, verstaute Zorro alles wieder an seinem Platz und begann, sein Tasche zu packen. Sicherlich sähe es seltsam aus, wenn er zum ersten Treffen mit Thommy mit seiner Tasche kam, aber er hatte sich bereits eine Ausrede zurechtgelegt. Nun blieb ihm nichts weiter zu tun als zu warten.

Wenige Minuten nach zwölf bekam er eine neue Nachricht. *„Hey, also wir sind da, Thommy"*, las Zorro und sprang im nächsten Moment auf. Er griff sich seine Tasche, setzte die Kappe auf und wollte gerade die Schuppentür öffnen, als ihm einfiel, dass er etwas vergessen hatte. Schnell holte er sein Handy hervor und suchte Montags Nummer heraus. Dann tippte er eine Nachricht ein, drückte auf ‚Senden' und wartete, bis die Nachricht verschickt war. Nun öffnete Zorro vorsichtig die Schuppentür. Erst spähte er nach draußen. Vor dem Schuppen oder in den Gärten war niemand zu sehen. Zorro hoffte, unbemerkt durch den engen Gang zwischen Montags Haus und dem Nachbarhaus schleichen zu können. An dessen Ende würde er sich postieren und nach Thommy Ausschau halten. Viele Wagen mit Hamburger Kennzeichen konnte es in Dösterfelde nicht geben. Zorro holte tief Luft und schlüpfte durch die Schuppentür. Leise zog er sie hinter sich zu. Dann schlich er so leise er konnte an der Hauswand von Montags Haus vorbei. Es waren nur wenige Meter bis zur Straße, aber es kam Zorro unendlich lang vor. An der Hausecke blieb er stehen und sah auf die Straße. Dann machte sich Erleichterung breit. Genau vor Zorros geschildertem Haus stand ein dunkler Wagen, eine Art Jeep, mit Hamburger Kennzeichen. Noch einmal sah Zorro nach rechts und links und hechtete dann mit drei Sätzen zu dem Wagen hin. Er riss die Tür auf und wäre fast mit einem Mann zusammengestoßen, der auf dem Beifahrersitz saß.

„Tschuldigung!", sagte Zorro gehetzt und riss nun die hintere Tür auf. Dann schob er seine Tasche hinein und schlüpfte hinterher. Mit einem Ruck zog er die Tür zu. Erleichtert atmete er aus.

„Alles in Ordnung?", fragte der Fahrer und drehte sich zu Zorro um. Es war ein Mann mittleren Alters mit Dreitagebart und bereits angegrautem Haar. Er war schmächtig, geradezu mager und trug eine dunkelblaue Lederjacke und Jeans. Er reichte Zorro die Hand. „Hi, ich bin Thommy von Elbe Records."

An seinen dünnen, spinnenartigen Fingern prangten gleich mehrere Ringe. Zorro konnte nicht alle erkennen, aber er sah einen Totenkopf und ein Pentagramm, oder wie dieses Hexenzeichen hieß. Die Augen des Mannes lagen tief und er hatte dunkle Ringe um die Augen. Der Mann roch zudem nach Zigaretten.

„Das ist Jogi“, sagte Thommy und deutete auf den Mann, der auf dem Beifahrersitz saß. Es war ein jüngerer Typ. Er trug eine Baseballkappe, eine Lederweste und ein orangefarbenes T-Shirt mit einem Aufdruck, den Zorro nicht erkennen konnte. Seine kräftigen Beine steckten in einer schlabbrigen Jogginghose. Er drehte sich nicht um, sondern hob nur kurz die Hand zum Gruß. Für den Bruchteil einer Sekunde war Zorro enttäuscht. Er hatte sich die Geschäftsführer der Plattenfirma irgendwie anders vorgestellt. Aber dann musste er zugeben, dass er eigentlich keine Ahnung hatte, wie die Leute aus der Musikindustrie wirklich aussahen.

„Bist du irgendwie auf der Flucht?“, fragte der Mann am Steuer und lachte, wobei Zorro seine raue Stimme auffiel. Zorro lächelte.

„Ist nur so ein Typ von der Schule, dem ich nicht begegnen will“, log Zorro und fühlte sich seltsamerweise schlecht dabei. Vielleicht lag es daran, dass er Thommy gerade erst kennengelernt hatte, und schon belog er ihn.

„Kein Problem, Buddy“, sagte Thommy und grinste. „Also, wo sollen wir hin?“

Zorro zögerte einen Moment, aber dann sagte er, was er sich im Vorfeld überlegt hatte: „Wie wäre es mit Hamburg?“

„Was?“, fragte Thommy erstaunt. „Hamburg? Ist ein bisschen weit, oder nicht?“

„Ich wollte da sowieso hin“, erklärte Zorro. „... meine Tante besuchen und meine Oma. Die ist sehr krank.“

„Und was sagen deine Eltern dazu?“, wollte Thommy wissen.

„Die sind damit einverstanden“, meinte Zorro selbstbewusst. Sicherlich wären seine wahren Eltern mit seinem Tun einverstanden, denn es brachte ihn ja zu ihnen zurück.

„Was meinst du, Jogi?“, fragte Thommy. Jogi zuckte nur mit den Schultern. Zorro hatte für einen Moment den Eindruck, als huschte ein Lächeln über sein Gesicht.

„Na, dann“, sagte Thommy. „Ich bringe deine Tasche eben in den Kofferraum.“ Damit stieg er aus, öffnete die Tür des Wagens und zog Zorros Tasche heraus. Er warf die Tür wieder zu und ging um den Wagen. Dann öffnete er die Heckklappe und warf Zorros Tasche hinein. Dabei bemerkte er nicht, wie ein Stapel Unterlagen aus dem Kofferraum auf die Straße fiel. Thommy stieg wieder in den Wagen, steckte den Schlüssel ins Zündschloss und fuhr an.

16. Die Stimme

Auf dem schnellsten Wege verließen sie Dösterfelde und bogen schon vor Oschenhagen auf die Autobahn ab. Thommy gab ordentlich Gas und Zorro spürte, wie es ihn in den Ledersitz der Rückbank drückte. Eine ganze Weile sagte keiner von ihnen ein Wort. Nach ungefähr einer halben Stunde hielten sie an einer Raststätte. Thommy bestellte Zorro eine Currywurst mit Pommes und eine Limonade. Gleich nachdem Zorro aufgegessen hatte, fuhren sie weiter. Zorro blickte nach draußen und beobachtete, wie die Landschaft an der Fensterscheibe vorbeirauschte. Er sah gelbe Rapsfelder und dahinter grüne Hügel, zwischen denen immer wieder Kirchtürme hervorragten. Hier und da gab es Weiden, auf denen Kühe grasten, und versprengte Waldstücke.

Nach einer Weile begann Zorro sich darüber zu wundern, dass die beiden überhaupt keine Musik hörten. Vielleicht war das ja nur die Folge davon, dass sie sich sonst den gesamten Tag mit Musik befassten. Sicherlich genossen sie deshalb gelegentlich ein wenig Stille ganz ohne Beats. Zorro seufzte. Dann traute er sich, die Stille zu unterbrechen.

„Mit wem arbeitet ihr denn gerade?“, fragte er neugierig und sah von hinten über Thommys Schulter.

„Wie, arbeiten?“, fragte Thommy zurück, ohne den Blick von der Straße zu nehmen.

„Na, was sind eure nächsten Projekte, mit welchen Künstlern produziert ihr?“, hakte Zorro nach.

„Tja“, sagte Thommy nur und verstummte. „Sag du doch mal, Jogi, mit wem arbeiten wir denn gerade so?“

Jogi sah erstaunt zu Thommy und setzte dann zögerlich an: „Also, wir … wir produzieren gerade mit John … John … äh … John Lassiter, ja mit John Lassiter“, sagte Jogi und warf Thommy einen unsicheren Blick zu.

„Kenne ich gar nicht“, meinte Zorro nachdenklich.

„Ist ein guter Rocksänger, weißt du“, erwiderte Jogi.

„Rocksänger?“, fragte Zorro verwirrt. „Ich dachte, Elbe Records macht nur Hip-Hop?“

„Ja, machen wir ja eigentlich. Aber John war eine gute Gelegenheit. Weißt du, wir müssen ja auch einmal etwas anderes machen. Wer weiß, ob das mit Hip-Hop immer so funktioniert“, sagte Thommy.

„Klar, verstehe“, murmelte Zorro. Obwohl, wenn man mit Johnny D. arbeiten konnte, müsste man sich darüber eigentlich keine Sorgen machen, fand er.

„Und was geht so in Sachen Hip-Hop?“, fragte Zorro.

„In Sachen Hip-Hop“, wiederholte Thommy. „Also, in Sachen Hip-Hop, da geht so einiges bei uns. Zum Beispiel dein neuer Titel!“

„Danke“, antwortete Zorro, der sich durchaus geschmeichelt fühlte. „Aber ich meinte mehr so die anderen Künstler. Was für Alben produziert ihr zur Zeit?“

„Ja, wir sind an dem neuen Album von Johnny D. dran“, warf Jogi plötzlich ein.

„Wie, ihr produziert das neue Album von Johnny D.?“, fragte Zorro verwirrt.

„Ja, sind wir dran“, bestätigte Thommy.

„Aber der ist doch bei Metrotown unter Vertrag?“, gab Zorro zu bedenken.

„Äh, ja … wir machen das auch nur so …“

„Wir produzieren nur ein Demo für ihn“, kam Thommy dazwischen.

„Aha“, sagte Zorro und lehnte sich wieder zurück. Er konnte es nicht direkt sagen, aber er war ein Stück weit enttäuscht. Insgeheim hatte er erwartet, dass sie die ganze Strecke über die heißesten Scheiben aus den USA fachsimpeln würden, sich über den Stand des Hip-Hop in Deutschland unterhalten, vielleicht in ein paar unveröffentlichte Tracks reinhören könnten und überhaupt die ganze Zeit mit solchen Dingen verbringen würden. Stattdessen schienen die beiden nicht das geringste Interesse an Musik zu haben. In diesem Moment klingelte ein Handy. Thommy griff in die Innentasche seiner Jacke und sah kurz auf das Display. Dann ließ er das Handy wieder in der Tasche verschwinden. Wenige Sekunden später klingelte es erneut. Wieder drückte Thommy den Anrufer weg.

„Du kannst ruhig rangehen“, meinte Zorro.

„Ist nicht wichtig“, sagte Thommy.

Erneut klingelte das Telefon. Wieder schaute Thommy auf das Display, doch dieses Mal nahm er ab.

„Ja, was ist?“, fragte er schroff. „Ja, haben wir. Nein, alles bestens. Mach dir keine Sorgen. Nein, alles super gelaufen, hätte nicht besser sein können.“ Damit legte Thommy wieder auf. Dann legte er beide Hände ans Lenkrad und drückte das Gaspedal durch. Nach weiteren zehn Minuten staute sich der Verkehr auf der Straße vor ihnen.

„Ach, Mist“, nörgelte Thommy und schlug mit der flachen Hand auf das Lenkrad.

„Also, ich habe keinen Zeitdruck“, sagte Zorro. Es wunderte ihn allmählich, dass die beiden mit ihm überhaupt nicht über seinen Song sprachen.

„Wir schon“, erwiderte Thommy kurz angebunden.

„Müsst ihr noch ein wichtiges Master abgeben?“, erkundigte sich Zorro.

„Ein wichtiges was?“, fragte Thommy leicht genervt.

„Ein wichtiges Master“, wiederholte Zorro.

„Keine Ahnung, was das ist“, sagte Thommy und sah mit einem Seufzer aus dem Seitenfester. Zorro konnte es nicht glauben. Thommy wusste nicht, was ein Master ist! Das war ein Grundbegriff der Musikbranche. Das Master war die CD, die das Tonstudio an die Schallplattenfirma sendete, damit diese die CDs für die Geschäfte daraus herstellen konnten. Und davon hatten Thommy und Jogi noch nichts gehört? In diesem Moment schien es Thommy aufzugehen, dass seine Antwort unpassend gewesen war.

„Ja, es geht um ein wichtiges Master. Das muss heute noch bei EMA sein.“

„EMB“, verbesserte Zorro. Das war der Name einer großen Schallplattenfirma in München.

„Ja, von mir aus EMB“, sagte Thommy hörbar genervt. „Sag mal, können wir jetzt über etwas anderes reden als Musik?“

„Klar“, antwortete Zorro, der mittlerweile mehr als nur enttäuscht war. „Wir brauchen auch gar nicht zu reden.“

„Auch gut“, sagte Thommy.

Für einen Moment schaute Zorro wieder aus dem Fenster. Der Stau hatte sich aufgelöst und sie fuhren wieder an. Zorro zog sein Handy hervor. Er sah, dass er drei Nachrichten von Lilly hatte. Wahrscheinlich machten seine Freunde sich Sorgen, wo er denn steckte. Dabei hatte er Montag doch eine Nachricht geschickt und ihm darin geschrieben, dass er beabsichtige, mit dem Produzenten direkt nach Hamburg zu fahren, so wie er es nun auch machte. Zorro beschloss, Lilly später anzurufen. Er hatte zu viel Angst, dass sein Gespräch mit ihr gegenüber Thommy und Jogi zu viel über seine tatsächlichen Umstände verraten könnten. Die beiden sollten ja nicht mitbekommen, warum er eigentlich so dringend aus Dösterfelde wegwollte. Wahrscheinlich würden sie nicht mehr mit ihm arbeiten wollen, wenn sie erfuhren, in welchen Schwierigkeiten er gerade steckte. Dann holte er eine weitere Nummer hervor. Es war die Handynummer, die auf dem Flugblatt gestanden hatte, auf dem er als vermisst gemeldet war. Er hatte sie damals aufgeschrieben und in sein Portemonnaie gesteckt. Die ganze Zeit über hatte er sich gefragt, ob es die direkte Nummer zu seinen richtigen Eltern war. Nun wollte er es endlich probieren. Langsam wählte er die Nummer. Dann nahm er das Handy ans Ohr und wartete auf das Freizeichen. Es tutete zweimal. Plötzlich klingelte auch Thommys Handy wieder. Blitzschnell legte Zorro auf. Er wollte nicht am Telefon sprechen, wenn Thommy gleichzeitig telefonierte. Thommy holte sein Handy hervor. Plötzlich verstummte es wieder. Thommy ließ sein Handy wieder in die Innentasche seiner Jacke sinken. Erneut begann Zorro zu wählen. Wieder ertönte das Freizeichen zum zweiten Mal, als Thommys Handy erneut zu klingeln begann.

„Wer ist denn das?", fragte Jogi genervt.

„Keine Ahnung", brummte Thommy und holte das Handy wieder raus. Zorro legte sofort wieder auf. Dann verstummte auch Thommys Handy wieder. Seltsam, dachte Zorro.

„Ruf doch mal zurück", schlug Jogi vor und sah zu Thommy.

„Ja, hier, mach du", sagte Thommy und reichte Jogi das Handy.

Plötzlich war es Zorro, als hörte er eine innere Stimme und er schaltete sein Handy auf stumm. Im nächsten Moment begann das Handy in seiner Hand zu vibrieren. Zorro schaute zu Jogi, der auf das Display von Thommys Handy blickte.

„Geht keiner ran", meinte Jogi und legte wieder auf.

In diesem Moment hörte auch Zorros Handy wieder auf zu vibrieren. In seinem Kopf kreisten tausend Gedanken. Wie konnte das sein? Es war offensichtlich, dass die Nummer, die er gewählt hatte, zu Thommys Handy gehörte. Aber wie konnte das sein? Für den Bruchteil einer Sekunde überlegte Zorro, ob es vielleicht sein könnte, dass Thommy sein echter Vater wäre. Was wäre das für ein Zufall? Aber Thommy hatte überhaupt keine Ähnlichkeit mit ihm. Nicht im Geringsten. Ebenso hätte sein richtiger Vater ihn wohl erkannt. Auch wenn Zorro nicht mehr aussah wie auf dem Bild als kleiner Junge, so gab es dennoch genug Ähnlichkeiten. Jogi legte das Handy nun auf die Mittelkonsole. Da der Bildschirm noch beleuchtet war, konnte Zorro für einen Moment die anderen Nummern lesen, die vorher versucht hatten, Thommy zu erreichen. Und jetzt traf es ihn wie ein Schlag. Die eine Nummer, die er darauf sah, kam ihm sofort bekannt vor. Er konnte sie gerade nur nicht einordnen, aber er wusste genau, dass er die Nummer schon einmal gesehen hatte. Zorro nahm sein Handy und durchsuchte sein Telefonbuch. Und da war sie. Aber es ergab überhaupt keinen Sinn. Die Nummer gehörte Lilly.

Zorro begann zu grübeln. Wie sollte Lilly bloß an Thommys Nummer gekommen sein? Mittlerweile war das Display von Thommys Handy wieder erloschen und Zorro konnte es nicht noch einmal überprüfen. Aber er war sich sicher. Es war Lillys Nummer gewesen. Was hatte Lilly nur mit Thommy zu tun? Und wenn sie ihn kannte, warum hatte sie Zorro dann nichts davon gesagt? Seine Gedanken begannen, sich im Kreis zu drehen. Er fühlte sich leicht schwindelig. Was war passiert? In nur wenigen Wochen war sein ganzes Leben durcheinandergeraten. Er war aus Hamburg weggezogen, um auf dem Land in einem Schloss zu leben. Dort hockte ein Mann im Garten, der das Haus beobachtete, und eine seltsame Haushälterin, die nichts von ihrer Arbeit verstand, war zu ihnen gekommen. Dann hatte er erfahren, dass seine Eltern nicht seine wirklichen Eltern waren und hatte an einem Hip-Hop-Wettbewerb teilgenommen. Nun saß er mit dem Chef der Schallplattenfirma, die den Wettbewerb ausgeschrieben hatte, in einem Wagen und stellte fest, dass dessen Nummer auf dem Flugblatt gestanden hatte, welches ihn als vermisst gemeldet gezeigt hatte. Wie passte all das zusammen? War er ein Opfer der versteckten Kamera? Würde sich Thommy jeden Moment umdrehen, seine Maske vom Gesicht reißen und rufen „April, April!“? Würden dann Lilly, Backe und Montag angelaufen kommen und ihn lachend umarmen und ihm sagen, dass es ihnen alles so leid täte, weil sie ihn aufs Korn genommen hätten? Wer war wer in diesem Spiel? Und wer war er selbst wirklich? War er Jonas Goldacker oder Sigismund Ottokar Engelhardt Balduin von Frangenberg? Wer waren hier die Guten und wer die Bösen?

Zorro fühlte sich, als hätte er gerade alles verloren. Seine Eltern, seine Freunde, sein Leben, seinen Glauben. Seinen Glauben? Er hatte doch gar keinen Glauben. Er hatte doch immer nur an sich und seine Musik geglaubt, daran, dass er, Zorro, eines Tages eine großer MC sein würde. Und nun wusste er nicht einmal mehr, wer er eigentlich war. Alles, was ihm blieb, war dieser Spitzname, „Zorro“. Und wer war nun er, der er zu sein meinte? Zorro spürte, wie Übelkeit in ihm aufstieg. Lebte er vielleicht in einem verrückten Paralleluniversum? Würde das Auto gleich abheben und in das All entfliehen, irgendwohin auf einen Planeten, wo all dies plötzlich einen Sinn ergab? Waren seine Eltern in Wahrheit Außerirdische, die ihn für einen höheren Auftrag entführen sollten, und Thommy und seine Leute waren ihre

Gegner? Nur ein Gedanke formte sich klar vor Zorros geistigem Auge – Thommy war nicht der, der er vorgab zu sein. Er hatte nichts mit Musik zu tun. Ja, er verstand nicht einmal etwas von Musik. Absolut nichts. Aber davon abgesehen konnte Zorro überhaupt nicht mehr einschätzen, wer gut und wer böse war, wer sein Freund und wer Teil dieses irrwitzigen Spiels. Doch plötzlich erfüllte ihn ein durchdringendes Gefühl. Nein, es war mehr eine Erkenntnis. Sie kam wie eine helfende Hand von irgendwo her. Aus einer Richtung, die Zorro nicht ausmachen konnte. Sie ergriff ihn und es gelang ihr, ihn zu beruhigen. Zorro konnte nicht recht sagen, was geschah. Es war wie eine Macht, die ihn aus dieser Situation zu reißen schien. Eine Stimme, die aus seinem Inneren zu kommen schien und ihn gleichzeitig vollkommen umgab. Zorro spürte die unermessliche Kraft dieser Stimme, so als hätte sie ihn aus dem Wagen herausgeholt und würde ihn nun schwebend über den dahingleitenden Autos halten und direkt zu ihm sprechen. Er verstand nicht, was sie sagte, aber er fühlte sich bei ihr geborgen. Von ihr ging eine solche Klarheit, Wärme und Sicherheit aus. Es schien, als wäre diese Stimme das Einzige, was in seinem Leben noch eindeutig gut war. Ohne zu wissen warum, schloss er die Augen und begann zu beten. Er betete voller Inbrunst. Er bat Gott darum, ihm zu helfen, ihn aus dieser Situation zu befreien. Er bat Gott, ihm zu zeigen, was er tun sollte und wie er herausfinden konnte, wer auf seiner Seite war und was gerade mit ihm geschah. Zorro zitterte am ganzen Leib und Schweiß trat auf seine Stirn. Dann spürte er, wie sein Magen sich urplötzlich verkrampfte. Er beugte sich vor und begann zu würgen.

In diesem Moment drehte Jogi sich zu ihm um: „Ey, Mann, was ist los?“

Doch Zorro konnte nicht antworten.

„Der übergibt sich gleich hier im Wagen!“, sagte Jogi zu Thommy.

„Was? Ne, bloß nicht! Die Karre gehört mir nicht“, maulte Thommy und sah in den Rückspiegel.

„Halt am besten da an“, schlug Jogi vor und deutete auf das Schild eines Parkplatzes, an dem sie gerade vorbeifuhren. Thommy setzte den Blinker und verlangsamte die Fahrt, dann bog er auf den Parkplatz ab und hielt wenige Meter vor einem Wohnmobil. Eilig sprang Jogi aus dem Wagen und riss Zorros Tür auf.

„Ey, komm raus. Übergib dich da hinten am Wald, okay? Nicht im Wagen.“

Zorro drehte sich zur Seite und zog sich aus dem Wagen. Dann taumelte er in Richtung des Waldrandes. Doch je näher er dem Waldrand kam, desto besser ging es ihm. Das Würgen ließ nach und auch der Schwindel verschwand. Zorros Gedanken klärten sich auf. Leicht benommen lehnte er sich an einen Baum und sah vorsichtig zwischen seinen Beinen hinüber zum Wagen. Jogi stand noch immer neben Zorros offener Wagentür. Er hatte sich eine Zigarette angesteckt und sah in Zorros Richtung. Thommy war im Wagen sitzengeblieben. Zorro gab ein paar laute Würgegeräusche von sich und bemerkte, wie Jogi sich abwandte. Jogi wollte wohl nicht sehen, wie Zorro sich übergab. Jetzt oder nie, sagte ihm die unbekannte Stimme. Zorro riss den Kopf hoch und sah in den Wald vor ihm. Dann begann er zu rennen, so schnell er konnte.

17. Verfolgt

Zorro blickte sich nicht um. Er rannte und rannte. Seine Arme hielt er schützend vor sich, dennoch schlugen ihm Äste ins Gesicht und Blätter verfingen sich in seinen Haaren. Die Haut über dem rechten Knöchel riss er sich beim Sprung über einen Dornbusch auf. Doch Zorro spürte den Schmerz nicht. Wild mit den Armen fuchtelnd schob er das Gestrüpp zur Seite und eilte weiter. Zweimal waren seine Füße bereits auf dem feuchten Laub des Waldes ausgerutscht und er war gestürzt. Ohne zurückzublicken hatte er sich wieder aufgerappelt und war weitergerannt. Zorro wusste nicht, wohin er lief und er hatte auch kein Gefühl mehr dafür, wie lange er schon gelaufen war. Er wollte nur weg. Weit weg von Thommy und Jogi und all den Lügen und falschen Versprechungen. Sein Herz pochte, er keuchte und der Schweiß rann ihm von der Stirn. Er spürte, wie die Angst gänzlich Besitz von ihm ergriff. Für einen Moment hatte er das Gefühl, als hörte er Schritte hinter sich. Aber er traute sich nicht, zurückzublicken. Vielleicht waren sie direkt hinter ihm. Vielleicht standen sie aber auch noch immer am Parkplatz. Zorro wusste es nicht. Er wusste nur, dass er weiter musste.

Er rannte über das Laub, sprang über einen umgestürzten Baumstamm, vorbei an einem Busch und einer Baumwurzel, die aus dem Boden ragte. Er hatte keinen Sinn für das

Zwitschern der Vögel über ihm oder das Rascheln der Blätter im Wind. Er hörte nur das Pochen seines Herzens, wie ein Trommelschlag, der sich beschleunigte und immer lauter zu werden schien. Plötzlich gelangte er an eine Landstraße. Hier sah Zorro zum ersten Mal zurück. Er hielt den Atem an. Es war niemand zu sehen. Er legte sich flach hin und verharrte so für einen Moment, dann hockte er sich wieder auf. Der Schweiß rann ihm über das Gesicht, lief ihm in die Augen und tropfte von seiner Oberlippe. Jetzt merkte er den Schmerz, der durch seinen ganzen Körper jagte. Seine Beine zitterten und seine Brust fühlte sich an, als hätte jemand sie mit einem Gürtel zusammengezogen. Konzentrier dich, sagte er zu sich.

Er blickte auf die Landstraße vor sich. Wenn jetzt ein Wagen kommen würde, der ihn mitnähme, dann wäre das seine Rettung. Egal wohin, Hauptsache weg von hier. Und dann hörte er Motorengeräusche.

Zorro spürte die Erleichterung. Er stand auf, klopfte sich das Laub von der Hose und dem Pulli und wollte gerade einen Schritt auf die Straße machen, als er erstarrte. Es war ein schwarzer Jeep mit Hamburger Kennzeichen. Mit einem Satz sprang Zorro über die Straße in das gegenüberliegende Waldstück. Er hörte die Bremsen des Jeeps, hörte, wie die Türen aufgestoßen wurden und wildes Gebrüll erklang. Zorro hetzte weiter. Seine Brust begann erneut zu schmerzen. Er keuchte immer stärker und er spürte das Blut an seinem Knöchel herabrinnen. Gebückt rannte er weiter, sprang über eine Baumwurzel und stürzte dahinter in eine Senke. Erneut hörte er Rufe. Sie waren näher, als er erwartet hatte. Nicht umdrehen, sagte die innere Stimme. Lauf weiter, immer tiefer in den Wald hinein. Und Zorro tat, was die Stimme sagte. Er rannte weiter. Er hörte das Knacken der kleinen Äste unter seinen Füßen, spürte, wie rutschig das Laub war, und drehte den Kopf zur Seite, wenn wieder ein Ast vor ihm auftauchte. Lange würde er das nicht mehr durchhalten, dachte er. Dann krachte auf einmal ein Schuss durch den Wald.

Zorro erschrak und zuckte zusammen. Waren das etwa seine Verfolger? Hatten sie eine Pistole? Noch bevor er sich den Kopf darüber zerbrechen konnte, wurde seine Frage beantwortet. Er hörte Jogis Stimme: „Bist du wahnsinnig? Du kannst doch hier nicht rumballern. Wir brauchen den Jungen lebend!" Hatte es noch einen kleinen Zweifel gegeben, ob seine Entscheidung die richtige gewesen war, so hatte Zorro nun Klarheit. Er eilte weiter. Er würde rennen, so lange ihn seine Beine trugen. Doch die Schritte hinter ihm verstummten nicht. Auch sie liefen weiter. Er musste ein Versteck finden, und zwar schnell. Noch waren die Verfolger nicht nah genug an ihm dran. Aber er konnte nichts entdecken, was als Versteck taugte. Überall standen Buchen, Eichen und einige Tannen. Darunter wuchsen Büsche und manche Baumwurzeln bildeten kleinen Höhlen. Aber nichts war geeignet, damit ein Mensch sich darin verstecken konnte. Also rannte Zorro weiter, die Schritte der Verfolge immer im Ohr.

Vor ihm tauchte plötzlich ein Wall auf. Zorro erschrak. Es würde ihn langsamer machen und seinen Verfolgern die Chance geben, ihn einzuholen. Mit letzter Kraft hetzte er den Wall hinauf. Oben angekommen sah er, dass auf der anderen Seite Schienen verliefen. Und dann hörte er es – von links näherte sich tatsächlich ein Zug. Es war ein Güterzug. Zorro hechtete den Wall herunter und lief dem Zug entgegen. Er sprang auf die Schienen und wedelte wild mit den Armen. Er drehte sich um, konnte die beiden Verfolger aber nicht sehen. Waren sie gestolpert? Hatten sie vielleicht sogar aufgegeben? Zorro durfte jetzt nicht daran denken. Er rannte weiter und beschleunigte sogar noch einmal. Er wollte den Abstand zwischen sich und den Verfolgern so groß wie möglich machen. Erst nachdem er zweihundert Meter weit gerannt war, drehte er sich wieder um. Dann sah er sie. Thommy und Jogi standen jetzt auf dem Scheitelpunkt des Walls. Sie sahen, wie er auf den Zug zurannte. Zorro warf einen kurzen Blick über die Schulter. Jogi rutschte gerade auf dem Hosenboden den Wall herunter. Thommy lief ihm nach. Zorro sah wieder nach vorn. Es schien, als würde der Zug seine Fahrt verlangsamen. Das war seine Chance. Noch zwanzig oder dreißig Meter, dann wäre er auf Höhe der Lokomotive. Er sah, wie der Lokführer ebenfalls wild mit den Armen wedelte. Dann sprang Zorro nach rechts aus dem Gleisbett. Augenblicklich beschleunigte der Zug seine Fahrt wieder, doch als die Lok an Zorro vorbeisauste, war sie noch langsam genug. Zorro ließ die ersten beiden Waggons an sich vorbeiziehen. Als der dritte Güterwagen ihn erreichte, ergriff Zorro das Geländer, zwischen dem zwei Metallsprossen auf den Güterwaggon führten. Der Schwung des Zuges schleuderte ihn herum, aber nur so stark, dass Zorro mit der rechten Schulter gegen das andere Geländer schlug. Dennoch konnte er sich festhalten. Eilig umgriff er beide Handläufe und zog sich hoch.

Zorro spürte, wie der Zug beschleunigte. Vielleicht noch hundert Meter, dann wäre der Zug auf Höhe der Verfolger. Nun würde sich zeigen, ob es auch Thommy und Jogi gelang, auf den Zug aufzuspringen. Wenn sie es schafften, musste Zorro abspringen. Ob er wollte oder nicht. Doch wenn sie es nicht schafften, war er ihnen entkommen. Zorro duckte sich soweit er konnte hinter dem Container. Noch zwanzig, noch zehn Meter, dann waren sie auf Höhe von Jogi und Thommy. Und tatsächlich, Thommy versuchte, auf den Waggon aufzuspringen, auf dem sich Zorro versteckte. Aber der Zug war bereits zu schnell. Thommy gelang es nicht, sich festzuhalten. Vielmehr schlug das Geländer mit voller Wucht gegen seinen Handrücken und schleuderte ihn auf den Boden. Jogi versuchte es gar nicht erst, den Zug zu erklimmen, sondern beugte sich eilig über den am Boden liegenden Thommy. Zorro blieb hocken und beobachtete, wie der Zug an den beiden vorbeisauste. Klack-klack, Klack-klack machten die Räder auf den Schienen. Zorro sah, wie seine Verfolger in der Ferne immer kleiner wurden. Erst als der Zug einen großen Bogen gefahren war und Zorro die beiden nicht mehr sehen konnte, ließ er sich vor dem Container auf der Plattform für die Bahnarbeiter nieder. Dazu stemmte er seine Füße gegen das Geländer, um besseren Halt zu haben.

Wie eine Schlange glitt der Zug durch den Wald. Zorro gewöhnte sich schnell an das rhythmische Schaukeln des

Waggons und das Rattern, wenn der Zug über die Verbindungsstücke der Schienen fuhr. Langsam entspannte er und seine Atmung beruhigte sich. Erst jetzt merkte er, wie verschwitzt er war. Er rieb sich den Schweiß mit dem Ärmel von der Stirn und fuhr sich mit der Hand durch die Haare. Was war gerade geschehen? Er konnte es immer noch nicht fassen. Wer waren die beiden Männer und wie passte das alles zusammen? Und dann dachte Zorro wieder an den Moment, als er die Stimme gehört hatte. Er war sich ganz sicher, dass sie wirklich da gewesen war. Das hatte er sich nicht eingebildet. Er konnte sich jetzt schon nicht mehr genau daran erinnern, was die Stimme zu ihm gesagt oder wie sie geklungen hatte. Auch war er sich nicht einmal sicher, ob die Stimme wirklich gesprochen hatte oder ob er sie nur in seinem Kopf gehört hatte. Aber er war sich absolut sicher, dass sie nicht aus ihm heraus gekommen war. Sie war von woanders gekommen und es war genau diese Stimme, die ihm die Kraft gegeben hatte. Ihm, einem vierzehn Jahre alten Teenager, der gerade eben zwei bewaffneten Verbrechern entkommen war.

Ein Lächeln huschte über Zorros Gesicht. So mussten sich die Superhelden aus seinen Comics gefühlt haben, nachdem sie ihre Superkräfte entdeckt hatten. Nur wusste er, dass es nicht seine Superkraft war, sondern eine Kraft, die von irgendwo sonst zu ihm gedrungen war. Für einen Moment ließ Zorro seine Gedanken noch kreisen, dann zog er sein Handy aus der Tasche. Lilly hatte wieder versucht, ihn zu erreichen und nun war es Zeit, sie zurückzurufen. Zorro drückte auf die Nummer und hielt sich das Handy ans Ohr. Nach dem zweiten Klingeln nahm Lilly ab.

„Mann, wo steckst du!?", fuhr sie ihn ohne Umschweife an.

„Ich bin im Zug", sagte Zorro.

„Im Zug?", fragte Lilly ungläubig. „Mach mal das Fenster zu, die Hintergrundgeräusche sind so laut."

„Geht nicht, ich sitze draußen", erklärte Zorro und musste grinsen, als er sich vorstellte, wie Lillys Gesichtsausdruck jetzt aussehen mochte.

„Okay, muss ich nicht verstehen", sagte sie und holte Luft. „Bist du allein?"

„Ja, jetzt wieder", meinte Zorro und dann erzählte er Lilly, was geschehen war. Als er zu Ende erzählt hatte, atmete Lilly hörbar durch.

„Mann, bin ich froh, dass du es geschafft hast", sagte sie. „Wir haben uns große Sorgen gemacht. Wir dachten schon, dass dir gar nichts auffällt." Und dann berichtete Lilly ihm, was während seiner Abwesenheit passiert war. Natürlich war die Suche nach ihm in Dösterfelde ohne Erfolg geblieben. Aber als Lilly, Backe und Montag zu Montags Schuppen gingen, um Zorro zu suchen und ihn aus dem Ort zu schmuggeln, bemerkten sie nicht nur, dass er nicht mehr da war, sondern fanden auch einen Stapel Unterlagen auf der Straße.

„Und jetzt rate mal, was in dem Stapel alles dabei war?", sagte Lilly mit triumphierender Stimme.

„Keine Ahnung", meinte Zorro. Er konnte es sich wirklich nicht vorstellen.

„Unter den Sachen waren bestimmt zwanzig Kopien der Vermisstenanzeige, die du gefunden hattest, und dazu noch weitere zehn Poster des Hip-Hop-Wettbewerbs. Außerdem Telefonnummern, eine Handynummer von einem Thomas und eine Nummer von einem Ludwig und ein paar andere Dinge. Na, dann haben wir eins und eins zusammengezählt und uns gedacht, dass die Sache irgendwie faul ist."

„Das ist sie in der Tat", bestätigte Zorro. „Ich weiß nur noch nicht genau, wie alles zusammenpasst." Tausende Gedanken rasten ihm durch den Kopf. Wenn Thommy und Jogi sowohl seine Vermisstenanzeige erstellt als auch den Hip-Hop-Wettbewerb ausgeschrieben hatten, dann konnte das zunächst nur bedeuten, dass die ganze Geschichte frei erfunden war. Er war überhaupt nicht entführt worden, und es gab gar keine Familie in Hamburg. Ebenso wenig saßen in Hamburg Eltern, die seit elf Jahren nach ihm suchten. Er hatte zwar keine Erklärung dafür, wie die beiden an sein Kinderfoto gekommen sein könnten, aber langsam kroch die Erkenntnis in ihm hoch, dass seine Eltern, also die in Dösterfelde, seine richtigen Eltern waren. Er selbst war niemand anderes als Sigismund Ottokar Engelhardt Balduin von Frangenberg. Er hatte seinen Eltern großes Unrecht getan. Aber warum das alles? Warum hatte man ihn glauben machen wollen, dass er als Kind entführt worden war? Er konnte sich absolut keinen Reim darauf machen.

„Hallo Zorro, bist du noch da?", hörte Zorro Lillys Stimme am anderen Ende.

„Ja, ja", beeilte er sich zu sagen.

„Also, ich sagte, dass wir auch nicht wissen, wie das Ganze zusammenhängt. Es gibt nur etwas, das uns Sorgen macht. Wir haben versucht, deine Eltern zu treffen, aber es hat uns nur diese Frau …“

„Linde.“

„Genau, Frau Linde aufgemacht. Sie sagte, dass deine Eltern und Tessi verreist seien. Weißt du etwas davon?“

„Verreist?“, wiederholte Zorro wie im Schlaf. Er spürte, wie sich alles in ihm zusammenzog. Ihm stockte der Atem. Auf einmal schien es, als passte alles zusammen, als fügten sich die Puzzleteile ineinander. Wieso hatte er das nicht gleich erkannt? Es gab doch so viele Anzeichen? „Da stimmt etwas nicht, Lilly“, sagte Zorro und atmete tief ein.

„So weit waren wir auch schon“, meinte Lilly. Dann machte sie eine kurze Pause und fragte plötzlich: „Sag mal, wohin fährst du jetzt eigentlich?“

Erst jetzt bemerkte Zorro, dass er das gar nicht wusste. Es war ihm in dem Moment, als er den Zug erblickt hatte, auch vollkommen egal gewesen.

„Ich weiß es nicht“, sagte er. „Ich denke, die Himmelsrichtung stimmt, aber ich habe keine Ahnung, wohin der Zug eigentlich fährt. Ich sehe mal, welches der nächste Ort ist. Hoffentlich hält der Zug irgendwo, sodass ich aussteigen kann. Dann bin ich schlauer.“

„Okay“, sagte Lilly. „Melde dich, sobald du genauer sagen kannst, wo du bist und wann du wieder in Dösterfelde sein wirst. Ich denke, dass wir deinen Eltern dann noch einmal einen Besuch abstatten müssen. Ich versuche, meinen Vater davon zu überzeugen. Ich bin mir sicher, dass er uns helfen wird."

„Danke, Lilly", sagte Zorro. Er war fühlbar erleichtert, dass er nun wenigstens wusste, wer auf seiner Seite war und zu ihm stand.

„Ehrensache", antwortete Lilly und Zorro war, als könnte er ihr Lächeln durch das Telefon hören. Dann legten sie auf.

18. Vor dem Schloss

Zorro wusste nicht, wie lange er insgesamt gefahren war. Es schien eine Ewigkeit gewesen zu sein. Dann endlich sah Zorro ein Stellwerkhaus und spürte im nächsten Moment, wie der Zug über einige Weichen das Gleis wechselte. Beides waren untrügliche Zeichen dafür, dass sie sich einem Bahnhof näherten. Es war ein kleiner Bahnhof mit drei oder vier Bahnsteigen, wie Zorro erkannte. Der Güterzug fuhr am äußersten Bahnsteig entlang, vermutlich um dahinter auf ein Abstellgleis zu gelangen. Während der Zug am Bahnsteig vorbeifuhr, verlangsamte er die Fahrt, sodass Zorro ohne Probleme auf den Bahnsteig springen konnte. Die irritierten Blicke der anderen Bahnreisenden, die dort warteten, ignorierte er.

Zorro streckte sich und blickte auf das Schild über dem Bahnsteig. „Tuttrop“ stand darauf. Dunkel erinnerte er sich daran, dass er den Namen schon einmal gelesen hatte. Es war, als sie zum ersten Mal nach Dösterfelde gefahren waren. Aber er wusste nicht mehr, wie weit das von Dösterfelde entfernt war. Zorro beschloss, sich im Bahnhofsgebäude umzusehen. Er lief die Stufen des Bahnsteigs zur Unterführung hinunter und lief zu Gleis 1. Dort hechtete der die Treppe wieder nach oben und war mit zwei Sätzen am kleinen Bahnhofsgebäude angelangt. Er zog die schwere weiße Holztür auf, deren Lack schon stark abgeblättert war und betrat das schäbige Gebäude. Zu seiner Rechten befand sich ein Schalter, hinter dessen Scheibe ein älterer Bahnmitarbeiter saß und einen Kaffee trank. Auf der linken Seite empfahlen farbenfrohe Poster verschiedene Bahnreisen. Darunter stand eine Bank, auf der nur eine ältere Dame mit Filzhut saß, auf deren Schoß sich ein kleiner Hund zusammengerollt hatte. Gegenüber der Eingangstüren standen zwei Fahrkartenautomaten, wobei auf dem einen ein Schild mit der Aufschrift „Defekt“ klebte. Neben dem Fahrkartenautomaten befand sich der Fahrplan. Zorro zog sein Handy hervor, um zu sehen, wie spät es war. Es war kurz nach drei. Dann sah er auf dem Fahrplan nach und tatsächlich, in zwanzig Minuten würde hier ein Zug eintreffen, der nach Bad Trekelsingen fuhr. Und dieser Zug würde in Dösterfelde halten.

Als Zorro eine Stunde später in Dösterfelde ankam, warteten Lilly, Backe und Montag am Bahnsteig schon auf ihn. Freudig kamen sie auf Zorro zugelaufen und nahmen ihn in die Arme.

„Mann, Alter, du machst ja Sachen“, begrüßte ihn Montag und boxte ihm freundschaftlich gegen die Schulter.

„Wir haben uns solche Sorgen gemacht“, sagte Lilly.

„Mann, das war echt ein Abenteuer“, stimmte Backe mit ein und legte seinen fleischigen Arm um Zorro.

„Und es ist längst noch nicht vorbei“, sagte Zorro mit schwacher Stimme.

Die anderen nickten.

„Okay, der Plan sieht so aus“, begann Lilly. „Ich habe meinen Vater überredet, dass wir noch einmal gemeinsam zum Schloss fahren und klingeln. Dann werden wir ja sehen, was mit deinen Eltern ist. Schließlich muss Frau Linde dich ja reinlassen.“

Zorro stimmte zu. Dann eilten sie auf den Bahnhofsvorplatz, wo der Polizeiwagen von Lillys Vater bereits stand. Er öffnete die Tür und stieg aus, als er die Kinder auf den Wagen zulaufen sah. Dann streckte er Zorro die Hand entgegen: „Es freut mich, dich kennenzulernen.“

„Freut mich auch“, antwortete Zorro verlegen.

„Ich bin nur froh, dass du unversehrt zurückgekehrt bist. Leider hat die Fahndung nach dem dunklen Jeep noch nichts ergeben. Aber die Kollegen sind überall alarmiert. Der Wagen ist allerdings als gestohlen gemeldet, sodass wir nicht wissen, wer die beiden wirklich sind.“

Zorro nickte verstehend.

„Gut, dann lasst uns noch einmal zum Schloss fahren, um herauszufinden, was da wirklich los ist“, sagte Lillys Vater und öffnete die hintere Tür. Wenige Sekunden später fuhren sie vom Parkplatz.

Die gesamte Fahrt über unterhielten sie sich aufgeregt und Zorro musste die ganze Geschichte mit den beiden Männern im Wagen und seine Flucht mit allen Details erzählen. Auch Lillys Vater hörte aufmerksam zu und übermittelte einige der Informationen sogleich an seine Kollegen. Und dann erzählte Zorro seinen Freunden von der Stimme und der großen Kraft, die ihn plötzlich erfüllt hatte. Er merkte, dass er noch immer ganz erfüllt von dem Erlebnis war. Voller Inbrunst berichtete er seinen Freunden und wunderte sich, als er bei Lilly und Montag nur ein verständiges Lächeln, aber kein Erstaunen, wahrnahm.

„Was, ist das etwa nichts Besonderes?", fragte er.

„Doch, doch", sagte Lilly, „absolut."

„Ja – und?"

„Nichts und", sagte Montag. „Wir glauben nur, dass du einen großen Helfer an deiner Seite hattest."

„Ihr meint …", begann Zorro und sah zwischen seinen Freunden hin und her. „Gott?"

„Könnte doch sein", meinte Lilly. „Ich habe ohnehin das Gefühl, dass sehr viel von dem, was gerade passiert, einem größeren Plan folgt."

„Einem größeren Plan?", wiederholte Zorro nachdenklich.

„Es ist doch schon alles ziemlich seltsam, oder nicht?", sagte Montag.

Das war es in der Tat.

„Und habt ihr etwa eine Idee, was das Ganze soll?", fragte Zorro.

„Nein, noch nicht", antwortete Lilly. „Wer weiß, vielleicht finden wir es heraus, vielleicht nicht."

Bevor Zorro etwas darauf erwidern konnte, hielt der Wagen an. Zorro hatte gar nicht bemerkt, wie nah sie dem Schloss bereits gekommen waren. Nun standen sie unmittelbar vor dem großen Eingangstor, hinter dem die Kieseinfahrt zum Haupteingang führte. Das Schloss lag ruhig und friedlich da. Hinter keinem der Fenster leuchtete ein Licht. Nicht einmal in dem Fenster, hinter dem das Arbeitszimmer von Zorros Vater lag. Das war höchst seltsam. Zorro öffnete die Wagentür und stieg aus. Auch Lillys Vater stieg aus dem Wagen und setzte sich seine Schirmmütze auf. Montag, Backe und Lilly folgten. Gemeinsam durchschritten sie das Tor. Zorro spürte den knirschenden Kies unter seinen Turnschuhen. Ihm war mulmig zumute. Irgendetwas stimmte hier nicht. Wo war seine Mutter, die den Nachmittag doch so gern im Garten verbrachte? Wo war Tessi an einem solchen Tag? Er hätte sie im Garten vermutet, dort hinten an dem Tisch unterhalb der alten Buche. Aber es war niemand zu sehen. Und was ihn noch mehr verwunderte, war, dass auf dem Tisch noch eine Kaffeetasse und ein Wasserglas standen. Seine Mutter hätte das nie dort stehen gelassen. Sie war überaus ordentlich. So etwas gehörte sich nicht für sie.

Nun gelangten sie an die große Freitreppe. Zorro ging die breiten steinernen Stufen langsam hoch. Er sah auf die schwarz glänzende Tür mit den Schnitzereien und dem schmiedeeisernen Gitter vor den schmalen Fenstern. Er zog seinen Schlüssel hervor und versuchte, die Tür aufzuschließen. Sie ließ sich jedoch nicht öffnen.

„Versuch's noch einmal", forderte ihn Lilly auf, die genau hinter ihm stand.

„Geht nicht", sagte Zorro nach einem zweiten Versuch. „Der Riegel ist vorgeschoben."

„Dann klingeln wir am besten", schlug Montag vor. Zorro streckte den Arm und drückte den goldenen Klingelknopf. Er hörte, wie die Glocke im Inneren erklang. Das Klingeln hallte durch die gesamte Vorhalle. Sie warteten einige Minuten, bis Zorro das Klacken von Absätzen auf dem Granitboden im Inneren wahrnahm. Die Schritte kamen unmittelbar hinter der Tür zum Stehen.

„Ja bitte?“, fragte eine Stimme, die Zorro als die Stimme von Frau Linde erkannte.

„Hier ist Zorro!“, meldete sich Zorro laut und deutlich. „Bitte lassen Sie mich rein, Frau Linde. Ich bin wieder zu Hause!“

„Tut mir leid, das kann ich nicht machen!“, antwortete Frau Linde.

Zorro war sichtlich irritiert und auch Montag, Backe und Lilly schüttelten verstört die Köpfe.

„Wie, das können Sie nicht machen?“, fragte Zorro.

„Ich habe Weisung von Ihren Eltern, während ihrer Abwesenheit niemanden in das Schloss zu lassen.“

„Aber damit bin doch nicht ich gemeint“, sagte Zorro.

„Tut mir leid, Ihre Eltern sagten „niemanden“!“, ließ sich Frau Linde von innen vernehmen.

„Wo sind meine Eltern denn?“, erkundigte sich Zorro, der es seltsam fand, dass seine Eltern den Ort verließen, während die Polizei die ganze Gegend nach ihm absuchte.

„Auch darüber darf ich leider keine Auskünfte erteilen“, sagte Frau Linde.

Nun mischte sich Lillys Vater ein: „Sehr geehrte Frau Linde, hier spricht Polizeiobermeister Lehmann. Ich versichere, dass ich Herrn ... Zorro?“, Herr Lehmann sah Zorro unsicher an, aber dieser nickte. „Also, ich versichere, dass ich Herrn Zorro hier bei mir habe. Wir würden gern nur einmal kurz mit seinen Eltern sprechen."

„Tut mir leid, das geht nicht", wiederholte Frau Linde. „Ich werde Herrn und Frau von Frangenberg, sobald sie zurückkehren, selbstverständlich ausrichten, dass Sie hier gewesen sind. Bitte haben Sie dafür Verständnis. Ich möchte meine Stelle hier nicht verlieren. Deshalb halte ich mich an die Anweisungen."

Zorro konnte es nicht fassen. War Frau Linde wirklich so blöd? Er stand hier vor der Tür und natürlich würden seine Eltern sich freuen, ihn unversehrt zu sehen.

„Frau Linde, ich übernehme die volle Verantwortung dafür", versicherte Lillys Vater. Doch von innen kam keine Antwort mehr. Stattdessen hörten sie, wie die Schritte sich wieder von der Tür entfernten.

Das konnte doch nicht wahr sein, dachte Zorro. Da ließ ihn diese – Zorro traute sich nicht mal, in Gedanken auszusprechen, was er gerade über Frau Linde dachte – tatsächlich hier vor der Tür stehen. War die etwa übergeschnappt?

„Und was jetzt?", fragte Lilly, die sich als Erste von dem Vorfall erholt zu haben schien.

„Tja, da kann ich leider nichts machen", erklärte ihr Vater und zuckte mit den Schultern. „Wenn deine Eltern Frau Linde damit beauftragt haben, dann kann ich sie davon nicht abbringen. Da anscheinend keine Gefahr in Verzug ist, bleibt uns nichts übrig, als zu warten. Soll ich euch wieder in den Ort mitnehmen?"

„Nein, ich bleibe hier", sagte Zorro und drehte sich um. „Ich werde dann auf meine Eltern warten. Ich habe ohnehin keine Ruhe, bevor ich sie wiedersehe."

„Wir bleiben bei dir", beschloss Backe wie aus der Pistole geschossen. Montag und Lilly nickten zustimmend.

„Nun gut, wenn ihr meint", sagte Lillys Vater. „Ruft mich an, wenn ihr etwas seht oder Hilfe braucht." Damit verabschiedete er sich und hüpfte mit federndem Schritt die Stufen hinunter. Sie sahen ihm nach, wie er über den Kiesweg zurück zum Wagen ging.

Die vier ließen sich vor der Tür auf den Boden sinken. Zorro dachte für eine Weile nach, dann zog er sein Handy hervor. Er suchte die Nummer seiner Mutter heraus und wählte diese. Es klingelte zweimal, dann sprang die Mailbox an. Dann tat er das gleiche mit der Nummer seines Vaters. Doch auch hier sprang die Mailbox an. Zuletzt versuchte er, Tessi zu erreichen, doch auch sie ging nicht an ihr Telefon.

„Die Sache stinkt gewaltig", meinte Zorro, während er noch immer auf sein Handy sah. Wären seine Eltern nur kurz weggefahren, während die Polizei nach ihm suchte, dann hätten sie doch sicherlich ihr Handy griffbereit. „Kommt", sagte er zu seinen Freunden und erhob sich.

„Was hast du vor?", fragte Lilly.

„Mich umsehen", sagte Zorro und hüpfte behände die Stufen herunter. Auf dem Kiesweg angekommen, ging er nicht zum Tor, sondern lief weiter an der Vorderseite des Schlosses entlang, bis er zur Seite gelangte. Es war die linke Seite des Schlosses. Sie war von der Straße abgewandt und deshalb nicht so gepflegt wie die rechte Seite, an welcher der Hauptteil des Gartens lag. Hier auf der linken Seite stellte seine Mutter schon mal am Abend ihre Schubkarre ab oder parkte den Wagen, wenn sie ihn nicht mehr in die Garage fahren mochte. Und auch jetzt stand hier ein Wagen, der nur notdürftig mit einer Plane abgedeckt war. Es war ein Jeep. Ein dunkler Jeep.

19. Der Plan

„Und du bist dir sicher, dass es der Wagen der Entführer ist?“, fragte Lilly.

Nein, sicher war Zorro sich nicht. Fast, aber nicht ganz. Es war ein dunkler Jeep gewesen. Das stand fest, aber ob blau, grau oder schwarz – das wusste Zorro nicht mehr genau. Ebenso stimmte das Kennzeichen nicht. Dieser Wagen hatte ein Münchner Kennzeichen. Vielleicht war es doch eher der Wagen eines Geschäftspartners seines Vaters? Es gab viele Verlage in München, auch Autoren. Aber warum stand der Wagen dann hier an der Rückseite und warum war er notdürftig mit der Plane abgedeckt? Zorro fand das seltsam.

„Wenn wir nicht hundertprozentig wissen, ob das der Wagen der Entführer ist, dann können wir nichts machen“, sagte Lilly und atmete hörbar aus.

„Ich denke schon, dass er es ist“, sagte Zorro.

„Bist du dir hundertprozentig sicher?“, fragte Lilly.

„Hundertprozentig“, seufzte Zorro. „Weiß nicht.“

„Ja, erinnerst du dich denn an nichts von dem, was in dem Wagen war?“, fragte Montag und sah Zorro erwartungsvoll an.

„Weiß nicht“, zögerte Zorro. „Ich war so auf die Straße und die Musik und die beiden Typen konzentriert. Ich glaube, es waren Ledersitze, aber ich weiß nicht mehr, ob sie schwarz oder dunkelbraun gewesen sind."

„Also wissen wir es nicht zu hundert Prozent", fasste Lilly die Situation zusammen.

„Meinst du, dass dein Vater vielleicht noch einmal bei meinem Vater anrufen kann?", fragte Zorro.

„Klar", sagte Lilly, „aber wieso?"

„Nur so ein Gefühl", meinte Zorro. „Hier, warte." Zorro holte sein Handy hervor und suchte die Mobilnummer seines Vaters heraus. Dann reichte er Lilly sein Handy. Sie nahm ihres und rief damit ihren Vater an. Dann übermittelte sie ihm Zorros Bitte und nannte ihm die Nummer. Ihr Vater wiederholte die Nummer noch einmal, bevor sie auflegten. Wieder kehrte Stille ein. Nach einer gefühlten Ewigkeit klingelte Lillys Handy und sie nahm ab. Es war ihr Vater. Er hatte Zorros Vater erreicht. Dieser hatte die Geschichte von Frau Linde bestätigt. Sie solle ihn tatsächlich nicht hereinlassen, weil sie eine Überraschung für ihn vorbereiten würden. Er solle doch einfach draußen warten. Sie würden gleich wiederkommen und dann dürfte er natürlich wieder nach Hause. Es sei alles in Ordnung", wiederholte Lillys Vater und empfahl den dreien, doch nach Hause zu gehen. Lilly legte wieder auf.

„Was sagst du dazu?", fragte Lilly an Zorro gewandt.

„Das klingt überhaupt nicht nach meinem Vater." Zorro biss sich nervös auf der Unterlippe herum. Schließlich nahm er sein Handy und wählte wieder die Nummer seines Vaters. Doch dieser nahm nicht ab.

„Das Ganze ist eine Falle“, sagte Zorro und begann loszurennen. Er hetzte am Wagen vorbei, schlug sich dahinter durch einen Busch und verlangsamte seinen Lauf erst, als er das hohe Gras erreichte, das unmittelbar vor dem Waldstück wuchs, welches fünfzig Meter hinter dem Schloss begann. Er hörte, wie seine Freunde ihm nachliefen. Zuerst Lilly, dann kam Montag und zuletzt Backe, der mit hochrotem Kopf hinterherwankte. Als sie ihn erreicht hatten, bückten sie sich, stützten sich auf den Knien ab und keuchten, bis sie wieder zu Atem kamen.

„Was ist los, Mann?“, fragte Backe ganz außer Atem.

„Die Entführer sind im Haus“, sagte Zorro konzentriert. „Jetzt bin ich mir sicher.“

„Wie bitte?“, fragte Montag.

„Ich habe gerade selbst versucht, meinen Vater anzurufen und er geht nicht ran. Als aber Lillys Vater angerufen hat, ist er sofort rangegangen. Ich denke, dass jemand das Telefon kontrolliert. Jemand, der weiß, wann es die Polizei ist und wann ich es bin“, erklärte Zorro.

„Und warum bist du dann hierhergerannt?“, wollte Backe wissen.

„Weil Zorro damit rechnet, dass die Entführer gleich aus dem Haus kommen und nach ihm suchen“, vermutete Lilly und Zorro nickte.

„Sie haben schon einmal versucht, mich zu entführen. Was liegt nun näher, als mich einfach zu schnappen, wo ich doch genau vor dem Haus warte?“

„Und was ist mit uns?“, fragte Montag.

„Ich weiß nicht", sagte Zorro. „Wahrscheinlich hätten sie euch gleich mit einkassiert. Sicher ist sicher."

„Sollen wir dann nicht doch Lillys Vater rufen?", schlug Backe vor.

Zorro schüttelte den Kopf. „Wir können es nicht beweisen. Zumindest noch nicht."

Montag stimmte Zorro zu.

„Es gibt nur einen Weg", sagte Zorro. „Wir müssen ins Schloss."

„Mann, das haben wir doch gerade ...", setzte Backe an, aber Zorro bedeutet ihm zu schweigen.

„Natürlich nicht durch die Tür", erklärte Zorro, und wie um ihn zu bestätigen, hörte er plötzlich ein „Ping". Eine neue Nachricht hatte ihn erreicht. Für eine Sekunde dachte Zorro, dass es sich um seinen Vater handeln würde, aber es war – Tessi! Zorro begann zu lesen: *„Männer sind im Haus, haben Mama und Papa gefangengenommen. Bin in meinem Zimmer eingesperrt. Kann ja nicht weglaufen. Kommst du ins Schloss? Durch die Gartentür. Alarm ist aus!"* Zorro zeigte die Nachricht seinen Freunden.

„Da haben wir doch den Beweis", sagte Backe.

Zorro nickte.

„Aber mein Vater muss zuerst das SEK anrufen. Das kann dauern", meinte Lilly.

„Oder die Polizei verhandelt erstmal stundenlang mit den Entführern", sagte Montag.

„Okay, Backe, wir machen das so. Du begibst dich so schnell es geht in den Ort. Pass auf, dass dich niemand sieht.

Wir behalten die Situation hier im Auge. Ich versuche, Tessi gleich eine Nachricht zu senden. Dann sehen wir weiter, ob wir warten oder reingehen“, beschloss Zorro und sah in die Runde. Alle nickten.

„Am besten gehst du hinten rum durch den Wald“, schlug Montag vor und deutete in die Richtung. Backe nickte und ging dann gebückt in Richtung des Waldes. Einen Augenblick später war er im Dickicht verschwunden. Eilig tippte Zorro nun eine Nachricht an Tessi: *„Wie sollen wir uns im Schloss bewegen? Wir haben keine Ahnung, in welchem Raum die Entführer stecken!“*

Es dauerte nur Sekunden, bis Tessis Antwort kam: *„Ich kann euch leiten. Habe das Kamerasystem geknackt. Ich sehe all ihre Bewegungen im Haus. Zurzeit sind sie im Salon unten. Kommt durch den Garten rein. Dann geht direkt in die Küche. Von dort gelangt ihr über die Dienstbotentreppe in den ersten Stock. Im Möbelzimmer seid ihr erstmal sicher. Dann gebe ich euch weitere Anweisungen.“*

Zorro lächelte. Er war mächtig stolz auf Tessi.

Schnell waren die drei sich einig. Sie huschten vorsichtig durch das hohe Gras, bis sie den Rasen erreichten. Dort verharrten sie für einen Moment. Nachdem sie sich vergewissert hatten, dass hier draußen niemand war, huschten sie in gebückter Haltung über den Rasen bis zur kleinen Tür, die vom Garten in den hinteren Teil der Empfangshalle führte. Zorro benutzte den Schlüssel und tatsächlich gelang es ihm, die Tür aufzuschließen. Leise huschten die drei durch die Tür. Vorsichtig schloss Zorro die Tür hinter sich. Sie drückten sich an die Wand vor ihnen und spähten um die Ecke in die Halle. Gedämpfte Stimmen kamen aus dem Salon, aber sie konnten niemanden sehen. Zorro deutete stumm in Richtung Küche. Sie liefen den kurzen Gang entlang, bis sie zu einer grau gestrichenen Holztür gelangten. In die Tür waren auf Kopfhöhe zwei alte Glasscheiben eingelassen, durch die man verschwommen in die Küche sehen konnte. Gerade wollte Montag die Türklinke herunterdrücken, als Zorro ihn zurückriss.

Durch die Glasscheiben sah er jemanden in die Küche gehen. Es war Frau Linde. Er erkannte sie an ihrem Kostüm und den schwarzen Haaren. Sie ging zum Kühlschrank, holte etwas heraus und nahm dann eine Tasse und einen Löffel aus einer Schublade. Dann verschwand sie wieder aus Zorros Sichtfeld. Wenige Sekunden später hörten sie hinter sich in der Halle das Klacken von Absätzen. Frau Linde, oder wie auch immer sie wirklich hieß, kehrte in den Salon zurück. Nun öffneten sie die Küchentür und huschten hindurch. Auf Zehenspitzen liefen sie durch den Raum und zu der Tür, die zur Dienstbotentreppe führte. Sachte drückte Zorro die Klinke herunter. Dann öffnete er die Tür und bedeutete seinen Freunden, hindurchzuhuschen. Leise zog er die Tür wieder zu. Eilig liefen sie die schmale Steintreppe nach oben. Dort öffnete Lilly die Tür zunächst nur einen Spalt weit, bis sie sich versichert hatten, dass niemand im ersten Stock umherlief. Gebückt huschten sie an der Wand entlang bis zur Tür, hinter der das Zimmer lag, in dem die unbenutzten Möbel standen. Als sie alle den Raum erreicht hatten und die Tür hinter ihnen geschlossen war, atmeten sie tief durch. Der erste Teil war geschafft. Eilig zog Zorro sein Handy hervor und sah auf die Nachrichten. Dann meldete er sich bei Tessi.

Wenig später kam Tessis Antwort. „*Sehr gut! Bin froh, dass ihr es geschafft habt. OK, geht zur Kommode, die an der hinteren Wand lehnt. Das ist meine alte Kinderkommode. In der untersten Schublade findet ihr altes Spielzeug von mir. Da müsste ein Polizeiset liegen. Dazu gehört ein Paar Handschellen. Ich hoffe, dass die Schlüssel auch dabei sind. Wenn ihr die Sachen findet, gebt mir kurz Bescheid.*“

Was sollte das denn?, fragte sich Zorro. Spielzeughandschellen. Was sollte er denn damit? Doch als sie die Kommode untersuchten, stellten sie fest, dass die Handschellen tatsächlich aus Metall waren. Sicherlich nicht so stabil wie echte Polizeihandschellen, aber für einen Moment könnten sie damit sogar einen Erwachsenen festhalten. Auch die Schlüssel waren dabei. Zorro ließ Tessi wissen, dass sie alles gefunden hatten. Dann teilte Tessi ihrem Bruder ihren Plan mit.

20. Das Finale

Zorro erklärte seinen Freunden genau, was Tessi geplant hatte. Montag zögerte zunächst, doch dann waren alle einverstanden und sie machten sich an die Arbeit. Also sammelte Zorro die weißen Laken von den Möbeln und zerriss einige in weiße Streifen. Eines der Laken legten sie sorgsam im Raum vor die Tür, sodass es flach auf dem Boden lag. Dann sah Zorro sich nach einem schweren Gegenstand um und fand einen Briefbeschwerer aus Marmor, der auf der Rückseite über einen Messinghenkel verfügte, der gut in der Hand lag. Zorro stellte ihn neben die Tür. Dann waren sie fertig. Zorro schickte Tessi eine kurze Nachricht und dann hockten sich die drei hinter die Tür, die sie deutlich sichtbar einen Spalt öffneten. Es kam Zorro wie eine Ewigkeit vor, bis er aus Tessis Zimmer einen lauten Rums hörte. Dann traute er sich kaum mehr zu atmen. Fast im selben Moment erklang aus dem Salon ein Ruf: „Was war denn das?“ Die Stimme gehörte zu Thommy. Das hörte Zorro sofort.

„Keine Ahnung“, sagte Frau Linde.

„Das wird Tessi gewesen sein“, wimmerte seine Mutter. Es tat Zorro furchtbar weh, sie so zu hören. „Sie muss gestürzt sein!“

„So lassen Sie sie doch gehen!“, hörte er die flehende Stimme seines Vaters. „Sie hat mit der ganzen Geschichte doch nichts zu tun!“

„Hey, Jogi, geh hoch und sieh nach“, sagte Thommy.

„Wieso ich?“, fragte Jogi genervt.

„Weil du jetzt gehst!“, meinte Thommy bedrohlich. Wenig später hörten sie, wie schlurfende Schritte aus dem Salon in die große Halle traten. Kurz darauf vernahmen sie das Knarzen der Holztreppe, als Jogi nach oben kam. Dann ging er den Flur entlang. Um zu Tessis Zimmer zu kommen, musste er am Möbelzimmer vorbei. Darauf basierte ihr Plan. In dem Moment, als er ihre Tür passierte, nieste Zorro. Augenblicklich verstummten die Schritte auf dem Flur. Dann sahen sie, wie die Tür zu ihrem Zimmer langsam aufgeschoben wurde. Im nächsten Moment bemerkten sie den Schatten des Schuhs unterhalb der Tür. Zorro gab Montag ein Zeichen und der zog, so stark er konnte, an dem Bettlacken. Bevor Jogi verstand, was passierte, wurde ihm im wahrsten Sinne des Wortes der Boden unter den Füßen weggerissen. Mit den Armen wedelnd fiel er zu Boden. Nun stürmten Zorro und Lilly hervor. Als Jogi versuchte, sich zu erheben, verpasste Zorro ihm einen kräftigen Schlag mit dem Briefbeschwerer gegen die Schulter. Mit einem schmerzerfüllten Schluchzen fiel Jogi zur Seite und hielt sich die Schulter. Augenblicklich rissen Montag und Lilly ihm seine Arme auf den Rücken und ließen die Handschellen zuschnappen. Dann sprang Zorro vor und drückte dem immer noch verwirrten Jogi ein Kissen auf den Mund. Montag und Lilly machten sich derweil daran, Beine und Arme mit weiteren Streifen der Bettlaken und Leinendecken zu verschnüren. Zuletzt reichte Montag Zorro einen Knebel, den er aus einem Bettlaken und einem Stück Holz gefertigt hatte. Zorro steckte diesen dem sich windenden und schwer atmenden Jogi mit einem Handgriff in den Mund und fixierte alles mit einem weiteren Streifen Bettlaken, sodass Jogi den Knebel nicht ausspucken konnte. Mit weit aufgerissenen Augen musterte Jogi die drei Teenager, die ihn gerade überwältigt hatten. Er konnte nicht glauben, was er da sah. Doch bevor er sich einen Reim auf die Sache machen konnte, rollten ihn die drei auf ein weiteres Laken. Damit zogen sie ihn zum hinteren Ende des Raumes. Dort benutzte Lilly die Kordel einer Gardine dafür, den wie eine eingepackte Mumie am Boden liegenden Jogi am Heizkörper festzubinden. Sie waren gerade fertig, als sie von unten Thommys Stimme hörten: „Was ist denn da oben los?“

Jogi versuchte, sich zu befreien und zu antworten. Doch alles, was er zustande brachte, war: „Mmpf, mmpf.“

„Ja, brauchst du Hilfe, oder was? Jetzt sag doch was!“, rief Thommy erneut von unten. Als Jogi immer noch nicht antwortete, vernahmen sie, wie Thommy Frau Linde anwies, doch mal nach oben zu gehen und nach dem Rechten zu sehen. Nun musste alles schnell gehen. Eilig griffen sie ein weiteres Laken und wiederholten die ganze Prozedur wie zuvor. Wenige Sekunden später betrat Frau Linde das Zimmer. Wie Jogi verlor sie buchstäblich den Boden unter den Füßen. Ehe sie begreifen konnte, was los war, lag auch sie schon fest verknotet neben Jogi vor dem Heizkörper an der Rückwand des Raumes und hatte einen Knebel im Mund.

„Hey, jetzt reicht es aber langsam!“, rief Thommy wütend von unten. „Muss ich etwa selbst hochkommen? Kriegt ihr das mit der Behinderten etwa nicht hin?“

Es kam keine Antwort.

„Das kann doch nicht wahr sein!", fluchte Thommy. Dann sagte er irgendetwas Unverständliches zu Zorros Eltern und machte sich daran, seinen Komplizen nach oben zu folgen. Plötzlich hörte Zorro das „Pling", das ihm sagte, dass eine neue Nachricht auf seinem Handy eingegangen war. Sie kam von Tessi: *„Er ist bewaffnet!!"*

Natürlich, dachte Zorro und erinnerte sich an den Schuss im Wald. Das war zu gefährlich.

„Er geht noch in die Küche", las er die neue Nachricht, die Tessi ihm geschickt hatte. Okay, das gab ihnen einen Moment, um den Raum zu verlassen. Viel Zeit hatten sie nicht. Sie mussten sich schleunigst etwas einfallen lassen. Wo sollten sie hin? Sie mussten verhindern, dass Thommy seine Komplizen zu schnell fand. Irgendwie mussten sie ihn von diesem Zimmer ablenken. Doch selbst, wenn er an dem Raum vorbeiging, würde er beim Betreten von Tessis Zimmer bemerken, dass alles nur eine Finte gewesen war. Was, wenn er ihr dann aus Wut etwas antat? Trotzdem mussten sie verschwinden. In diesem Moment kam eine neue Nachricht von Tessi. *„Er kommt die Treppe hoch! Versteckt euch in Papas Arbeitszimmer. Ich komme schon mit ihm klar!"*

Zorro stockte der Atem. Was wollte Tessi nur tun? Auf Zehenspitzen huschten sie aus dem Raum, zogen die Tür hinter sich zu und huschten gleich gegenüber in das Arbeitszimmer seines Vaters. Sie ließen das Licht ausgeschaltet und tasteten sich im Halbdunkel vorbei an unausgepackten Umzugs- und Bücherkisten, bis zu dem schweren Schreibtisch.

Rasch hockten sie sich dahinter und kauerten sich zusammen, während sie draußen schwere Schritte vorbeigehen hörten. Thommy ging den Flur entlang bis zu Tessis Zimmer. Dort angekommen klopfte er an die Tür: „Hey Tessi, alles in Ordnung? Hast du Jogi und Sandra gesehen?"

Sandra, so hieß also Frau Linde, dachte Zorro.

„Ja, sie sind hier!", rief Tessi durch die verschlossene Tür. Im nächsten Moment hörten sie, wie Thommy die Türklinke an Tessis Tür herunterdrückte. Sie war verschlossen. Den Schlüssel hatte Jogi.

„Tessi, Liebes, machst du mir eben die Tür auf?", säuselte Thommy.

„Kann ich nicht!", rief Tessi zurück.

„Oh, ich glaube, du kannst schon!", sagte Thommy. „Schließlich ist doch der gute Jogi bei dir. Der hat doch den Schlüssel und die Tür damit aufgeschlossen."

„Jogi ist nicht hier!", rief Tessi.

„Nicht hier? Na na, man soll doch nicht flunkern", sagte Thommy mit falscher Engelszunge. „Sag dem lieben Jogi doch, dass er die Tür aufschließen soll."

„Er ist nicht hier!", rief Tessi erneut. Zorro bestaunte den Mut seiner Schwester. Wie schaffte sie das? Vor ihrer Zimmertür stand ein bewaffneter Verbrecher und sie redete völlig angstfrei mit ihm.

„Liebe Tessi, ich sage es zum letzten Mal: Mach jetzt die Tür auf, oder der gute Onkel Thommy muss leider von seiner kleinen Freundin hier Gebrauch machen." Bei den letzten Worten spannte Thommy deutlich hörbar den Hahn der

Pistole. Zorro schreckte zusammen. Würde er wirklich auf die Tür schießen? Würde er etwa auf Tessi schießen? Zorro verkrampfte für einen Moment. Dann, ohne weiter nachzudenken, schoss er hoch. Er hechtete über den Schreibtisch und riss die Zimmertür auf. Im nächsten Moment stand er im Flur. Wie in Zeitlupe sah er, wie Thommy den Kopf in seine Richtung drehte und erstaunt die Augen aufriss. Dann rannte Zorro um sein Leben. Er hetzte den Flur entlang, griff mit der linken Hand das obere Ende des Treppengeländers und machte zwei gestreckte Sprünge die erste Treppe hinunter. Wie durch einen dichten Nebel hörte er Thommy etwas rufen und dann dessen Schritte, die ihm nachsetzten. Zorro sah nicht zurück, sondern warf sich mit seinem Oberkörper auf das Treppengeländer der großen Freitreppe. Er rutschte auf dem Geländer nach unten und fiel dort ungebremst zu Boden. Er rollte sich ab, sprang auf und hetzte in Richtung Küche. Er stieß die Küchentür auf und sprang hinein. Blitzschnell sah er nach rechts und links. Dann warf er sich nach rechts. Er merkte, wie er auf dem Fliesenboden den Halt verlor und ins Straucheln geriet. Gerade noch konnte er sich fangen und erreichte im nächsten Moment die kleine Tür, durch die sie hineingekommen waren.

Im Bruchteil einer Sekunde entschied er sich dafür, in den Garten zu laufen. Er riss die Tür auf. Im selben Moment hörte er Thommys Schritte in der Küche. Zorro machte einen Satz nach draußen und schlug sich nach links. Dort gab es ein paar Büsche und etwas weiter eine kleine Baumgruppe. Er lief so nah an der Hauswand wie möglich. Dann sah er den Jeep und die Plane, die mehr schlecht als recht darüber geworfen war. Thommy schien nach rechts zum Haupteingang gelaufen zu sein. Wahrscheinlich vermutete er ihn hinter dem Brunnen. Zorro nutzte seine Chance und rannte hinüber zum Wagen. Dann hob er die Plane an und schlüpfte darunter. Wenn es ihm gelang, sich unter den Wagen zu quetschen, wäre er vielleicht für einige Minuten in Sicherheit und könnte seinen nächsten Schritt überlegen. Zorro legte sich flach auf den Bauch und begann, sich ruckartig nach links zu schieben. Langsam gelangte er so unter den Wagen. Als er mit seinem ganzen Körper unter dem Jeep lag, entspannte er sich ein wenig. Von hier hatte er einen guten Blick zum Haupttor und dem Kiesplatz vor dem Haupteingang. Gerade machte er sich noch ein Bild von der Lage, als plötzlich Thommys Beine in seinem Sichtfeld auftauchten. Thommy schlenderte über den Kiesplatz. Offenbar hatte er keine Ahnung, wo Zorro steckte. Das verschaffte ihm einen großen Vorteil. Thommy ging scheinbar planlos umher. In diesem Moment geschah es. Sein Handy signalisierte ihm erneut, dass er eine Nachricht erhalten hatte. Zorro zog es hervor und hielt es sich vors Gesicht, so gut es der enge Raum zuließ. Die Nachricht stammte von Tessi: *„Wo steckst du?“*

Zorro gab sich Mühe, in der Enge unter dem Wagen eine Antwort zu schreiben, als er bemerkte, wie sich Thommy auf den Wagen zu bewegte. War das ein Zufall? Würde er sich gleich bücken, um unter den Wagen zu schauen? Zorro drückte sich augenblicklich ganz flach auf den Boden. Dann hörte er plötzlich Thommys Stimme: „Na, hast du dich etwa unter dem Wagen versteckt? Was für ein schlauer Kerl du doch bist. Leider nicht schlau genug. Du hättest dein Handy stumm schalten sollen. Hier draußen im ruhigen Garten kann man nämlich eine Stecknadel fallen hören, verstehst du?"

Zorro schluckte, doch sein Hals war knochentrocken. Dann bemerkte er, wie sich Thommy langsam nach unten bückte. Zorro schloss die Augen.

21. Das weiße Z

Später konnte Zorro sich nicht mehr recht erinnern, ob er zuerst das Zucken des Blaulichts oder das Heulen der Sirenen vernommen hatte. Aber er erinnerte sich noch genau daran, wie die Wagen mit quietschenden Bremsen auf den Kiesplatz vor dem Schloss gefahren waren. Im nächsten Moment waren die Seitentüren der Transporter aufgerissen worden und Männer in schwarzen Anzügen und schusssicheren Westen, auf denen mit großen weißen Lettern „Polizei" gestanden hatte, waren herausgestürmt. Laute Befehle waren über den Platz gehallt, er hatte das Krachen gehört, als die Tür am Haupteingang aufgebrochen wurde und das leise Knirschen, als Thommys Pistole nur wenige Meter von ihm entfernt auf den Boden fiel. Kurz darauf blickte er in das freundliche Gesicht von Polizeiobermeister Lehmann, der ihm dabei half, unter dem Auto hervorzukriechen. Als Zorro sich den Staub von der Hose schlug, sah er, wie Thommy von zwei Polizisten zu einem bereitstehenden Streifenwagen geführt wurde. Einige Augenblicke später führten weitere Beamte Jogi und Frau Linde aus dem Haus. Dahinter stürmten Montag und Lilly die Treppen herunter und nun sah Zorro auch Backe, der aus einem der Streifenwagen stieg. Alle drei kamen zu Zorro gelaufen.

„Mein Gott, bin ich froh, dass dir nichts passiert ist", sagte Lilly und lächelte Zorro erleichtert an.

„Ich auch“, sagte Zorro und atmete tief durch. „Das war ungemein knapp. Zum Glück war Backe genau zur richtigen Zeit hier.“

Backe salutierte zum Spaß und alle drei lachten. Dann sah Zorro über Lillys Schulter und erkannte seine Eltern und Tessi. Tessi winkte ihnen zu und machte sich augenblicklich daran, die Rollstuhlrampe herunterzufahren. Sie drehten sich um und gingen auf Tessi zu.

„Da ist ja unsere Heldin!“, empfing sie Montag und er und Tessi klatschten ihre Hände zum Abschlag aneinander.

„Meine Güte, bin ich froh, dass alles vorbei ist“, sagte Tessi und reckte ihre Arme Zorro entgegen. Sie umarmten sich herzlich. Zorro war so glücklich, dass er seine Schwester wieder in die Arme nehmen konnte. Dann sah er aus dem Augenwinkel seine Eltern näherkommen.

„Mein Sohn“, rief seine Mutter und Zorro blieben die Tränen in ihren Augen nicht verborgen. Dann spürte er, wie sich die Arme seiner Mutter und seines Vaters auch um ihn legten. Es fühlte sich sehr gut an. Endlich waren sie wieder zusammen. Sie verharrten so eine ganze Weile, bis Lillys Vater erneut zu ihnen stieß.

„Ich störe nur ungern, aber dürfte ich Sie alle bitten mit mir ins Haus zu kommen?“, fragte er.

„Natürlich“, sagte Zorros Mutter und wischte sich eine letzte Träne mit dem Zeigefinger aus dem Augenwinkel. Sein Vater nickte ebenfalls. Dann gingen sie alle untergehakt ins Haus. Zorros Vater schob Tessi. Montag, Backe und Lilly kamen mit einigem Abstand nach. Im Schloss schien es von

Polizisten zu wimmeln, zumindest kam es Zorro so vor. Sie liefen umher, nahmen Fingerabdrücke auf, machten Fotos oder steckten Dinge, die die Entführer angefasst hatten, in kleine Plastiktüten. Herr Lehmann bat sie, ins Wohnzimmer zu gehen. Dort standen noch immer die beiden Stühle, auf denen Zorros Eltern offenkundig festgehalten worden waren. Zumindest nahm Zorro das an, denn um die Stuhlbeine lagen noch Schnüre. Zorros Mutter wandte den Blick ab und ging hinüber zum Sofa. Dort setzte sie sich und strich ihren Rock glatt. Zorros Vater setzte sich neben sie und ergriff ihre Hand. Zorro nahm sich einen Stuhl und schob ihn neben Tessis Rollstuhl. Backe, Montag und Lilly lehnten sich neben dem Kamin an die Wand. Lillys Vater setzte sich in den Sessel vor dem Sofa.

„Dann ist ja noch einmal alles gut ausgegangen", sagte er und holte einen Stift und eine kleinen Block aus seiner Innentasche. In diesem Moment betrat ein bulliger Mann mit Glatze, Schnauzbart und einer großen schwarzen Brille den Raum. Er trug einen dunklen Mantel und seine Schuhe glänzten wie frisch geputzt.

„Das ist Hauptkommissar Klostermann", erklärte Lillys Vater und bedeutete dem Mann, Platz zu nehmen. Der Hauptkommissar zog sich ebenfalls einen Stuhl heran und nickte freundlich in die Runde. „Er kann hoffentlich ein wenig helfen, Licht ins Dunkel zu bringen."

„Ich werde mein Bestes tun", sagte der Hauptkommissar und lächelte erneut. „Im Grunde ist die Sache nicht kompliziert, nur höchst seltsam", begann er seine Ausführungen. „Die drei Personen, die Sie hier festgehalten haben, sind uns durchaus bekannt. Der große Dürre, genannt Thommy, heißt in Wahrheit Thomas Fichter. Er saß bis vor einem halben Jahr im Gefängnis. Sein Partner, genannt Jogi, heißt in Wahrheit Joachim Obermeyer und Ihre Haushälterin, die angebliche Frau Linde, hört auf den Namen Sandra Spiegel."

„Warum saß der Thomas denn im Gefängnis?", platzte es aus Zorro heraus.

„Das wollte ich gerade berichten", sagte Hauptkommissar Klostermann und beugte sich über seine Notizen. „Er war in einen Raubüberfall verstrickt, und zwar gemeinsam mit einem gewissen Ludwig von Frangenberg."

Schlagartig wurde es im Raum so still, dass man eine Stecknadel hätte fallen hören.

„Onkel Ludwig?", fragte Zorro, der seine Sprache als Erster wiederfand.

„Genau der", bestätigte Hauptkommissar Klostermann. „Die beiden sind vor ungefähr elf Jahren in eine renommierte Galerie in Hamburg eingestiegen und haben dabei eine Reihe großer Meisterwerke erbeutet. Leider – also für die Diebe – gingen sie der Polizei alsbald ins Netz. Sie wurden jeweils zu langen Haftstrafen verurteilt."

„Deshalb war Ludwig plötzlich verschwunden", sagte Zorros Vater und fuhr sich mit der Hand durch den Bart.

„Nur hat die Sache einen Haken. Die Beute der beiden wurde bis heute nicht gefunden. Damit endete der Fall für die Polizei – bis heute", führte der Hauptkommissar seine Ausführungen fort. „Doch Thomas Fichter hat uns heute ein paar neue Dinge gestanden. So hatte er Ludwig von Frangenberg in der Haft ein Kinderfoto von dessen Neffen gestohlen."

„Das Bild von mir", meinte Zorro und machte einen leisen Pfiff.

„Er sagte, dass er es damals tat, weil er sich mit deinem Onkel gestritten hatte. Nun, vor Kurzem wurden bekanntlich beide entlassen. Ihr Bruder, Herr von Frangenberg, setzte sich gleich nach Brasilien ab. Tja, und als Thomas Fichter wohl in dem Versteck, wo die beiden die Bilder vor ihrer Festnahme zurückgelassen hatten, nachsah, waren die Bilder weg – das sagt zumindest Herr Fichter. Sie können verstehen, dass er darüber verärgert war. Natürlich dachte er, dass sein alter Komplize die Bilder mit nach Brasilien genommen hätte. Aber Herr Fichter hatte keine Ahnung, wo genau sich Ludwig von Frangenberg in Brasilien aufhielt. Also heckte er einen Plan aus. Er würde sich seinen Anteil der Beute von Ihnen holen", erklärte der Hauptkommissar und deutete auf Zorros Vater.

„Aber ich habe mit dem Raub der Bilder nichts zu tun", sagte Zorros Vater entsetzt.

„Natürlich nicht, mussten Sie ja auch gar nicht. Aber Sie sind vermögend und das wusste Thomas Fichter von Ihrem Bruder. Sie haben den Verlag und ein stattliches Vermögen und Ihr Sohn wäre Ihnen sicherlich einiges wert. Sagen wir fünfhunderttausend? Also überlegte er, wie er am besten an Zorro herankäme. Er dachte sich die Sache mit dem Hip-Hop-Wettbewerb aus. Ludwig hatte ihm im Gefängnis von Zorros großer Begeisterung für diese Musik erzählt. So wollte er Zorros Vertrauen gewinnen. Und um sicherzugehen, machte er sich daran, Zorro in Verwirrung zu versetzen. Also ließ er ihm das Flugblatt zukommen, auf welchem angeblich nach dem zweijährigen Jonas Goldacker gesucht wurde, der zufällig Zorro selbst war. All das spielte ihm in die Hände. Zorro dachte, Sie hätten ihn als Kleinkind entführt und wollte natürlich nur noch weg von hier. Und was ist besser als eine Entführung, bei der der Entführte freiwillig mitkommt?", meinte Hauptkommissar Klostermann in die Runde.

„Stimmt das alles?", fragte Zorros Mutter entsetzt. Zorro nickte.

„Um ganz sicherzugehen, schleuste er noch seine Freundin, Frau Spiegel, bei Ihnen als Haushälterin ein. So war er jederzeit über die Vorgänge im Schloss informiert. Ein fast perfekter Plan, würde ich sagen", sagte Herr Klostermann und steckte seine Notizen wieder ein. „Aber eben nicht ganz perfekt. Die vier hier kamen ihnen auf die Schliche", damit deutete er auf Zorro, Backe, Montag und Lilly.

„Fünf", protestierte Zorro und griff Tessis Hand. „Ohne Tessi hätten wir es nicht geschafft."

„Das stimmt!", bestätigte Montag und zwinkerte Tessi zu.

„Es bleibt nur eine Frage offen", sagte Herr Klostermann und seufzte. „Wo steckt die Beute? Dem Rätsel sind wir kein Stück nähergekommen."

In diesem Moment hörten sie das Knarren des Holzfußbodens. Alle drehten sich schlagartig um. Zorro stockte der

Atem. Dort stand er. Der Mann, den Zorro im Gebüsch des Gartens beobachtet hatte. Er trug eine helle Jacke, Jeans und eine Brille. Er fuhr sich langsam mit seiner rechten Hand durch den Vollbart und sah in die Runde. Dann lächelte er: „Wo die Bilder sind, würde ich auch gern wissen."

„Entschuldigen Sie, dürften wir wohl erfahren, wer Sie sind?", fragte Kommissar Klostermann.

„Oh, verzeihen Sie. Mein Name ist Jansen, Leo Jansen. Ich komme von der Global Metropol Versicherung. Bei uns sind die gestohlenen Werke versichert."

„Das erklärt einiges", sagte Zorro.

„Ich habe eigentlich damit gerechnet, dass Ludwig von Frangenberg wieder hierher zurückkehren würde. Aber leider habe ich mich getäuscht."

„Warum sollte er das tun?", fragte Zorros Mutter erstaunt.

„Weil wir bei der Global davon ausgehen, dass der Schlüssel zum Versteck der Bilder irgendwo hier im Schloss zu finden ist. Wir haben nur keine Ahnung, wo", sagte Herr Jansen und ließ sich auf einen der herumstehenden Stühle nieder.

„Deshalb haben Sie also das Schloss beobachtet", sagte Zorro.

„Genau", seufzte Herr Jansen, nahm die Brille ab und fuhr sich mit den Fingern über den Nasenrücken.

„Was für eine Geschichte", entfuhr es Zorros Vater plötzlich.

„Was meinst du?", fragte Zorros Mutter und sah ihren Mann zweifelnd von der Seite an.

„Wie geschaffen für einen Roman, findet ihr nicht?“ Damit sah er in die Runde. „Ich glaube, der Frangenberg-Verlag sollte daraus ein Buch machen. Fünf Detektive bringen eine Kunsträuberbande zur Strecke. Was für ein Stoff!“

„Johann!“, sagte Zorros Mutter mit einer Mischung aus Verwunderung und Entsetzen. „Das meinst du doch nicht ernst!“

„Und ob!“, sagte Zorros Vater. „Ich werde mich gleich morgen früh darum kümmern. Ich habe nur noch keinen Titel.“

„Wie wäre es mit ‚Das weiße Z und ein Schloss voller Lügen‘“, schlug Backe vor.

„Genial!“, sagte Zorros Vater. „Das klingt ganz hervorragend. ‚Das weiße Z‘ ... sehr geheimnisvoll!“

Eine halbe Stunde später waren die Polizisten gegangen und Lilly, Backe, Montag, Zorro und Tessi saßen bei Zorro im Zimmer.

„Mann, bin ich dankbar, dass alles so gut ausgegangen ist“, seufzte Backe und griff in die Schale mit den Chips, die zwischen ihnen stand.

„Wir haben wirklich alle große Arbeit geleistet“, sagte Zorro.

„Nur wir?“, fragte Lilly.

„Und er“, sagte Zorro, lächelte und sah zur Zimmerdecke.

„Du glaubst an Gott?“, fragte Tessi erstaunt.

„Weiß nicht“, sagte Zorro. „Möglich. Ist halt viel passiert.“

„Dann hätte ich dich ja in Hamburg mit zur Gemeinde nehmen können“, sagte Tessi plötzlich.

„Du bist in Hamburg in eine Gemeinde gegangen?", fragte Zorro verwundert.

„Klar", sagte Tessi. „Am Klosterstern."

„Warum hast du mir das nicht erzählt?"

„Weil du nie einen Hehl daraus gemacht hast, dass du das für Quatsch hältst", sagte Tessi und warf ihrem Bruder einen herausfordernden Blick zu. Noch eine ganze Weile sah Zorro seine Schwester an. Sie griff in die Chipsschale und stopfte sich eine Handvoll in den Mund. Dann mussten alle lachen.

Es war schon nach 20 Uhr gewesen, als seine Freunde das Schloss verließen. Tessi war gerade eben ins Bett gegangen und Zorro setzte sich noch eine Weile ins Wohnzimmer. Dort saß sein Vater vor dem Kamin in einem Sessel versunken und las ein Buch. Im Kamin knisterte ein kleines Feuer. Sein Vater lächelte, als Zorro den Raum betrat und nickte ihm zu. Zorro lächelte zurück und sagte: „Vater."

Und sein Vater sagte darauf nur: „Sohn."

Und Zorro fand, dass es sich ungemein gut anfühlte.

Dann ließ sich Zorro in einen der Sessel fallen und starrte ins Feuer. Eine Frage ging ihm dabei nicht aus dem Kopf. Wo waren die verschwundenen Bilder? Während er seinen Blick über die Wände mit den Seidentapeten und den schweren Ölgemälden gleiten ließ, den Kaminsims mit der goldenen Standuhr betrachtete und schließlich wieder auf die Flammen im Kamin sah, kam ihm urplötzlich eine Idee. Aber darum würde er sich ein anderes Mal kümmern. Für verschwundene Bilder war er heute zu müde.

ENDE

Simone Ehrhardt

Das Geheimnis des goldenen Reiters

Ein Krimi zum Mitraten

Der spannende Krimi zum Mitraten für Kinder ab 10 Jahren, der auch auf Glaubensfragen eingeht. Seltsame Dinge geschehen bei einem Museumsbesuch: Die Skulptur „Der goldene Todesreiter" wird gestohlen und Wuschels Ratte Freddy verschwindet. Olaf, Wuschel und Latif beobachten einen Verdächtigen. Ist er der Dieb? Plötzlich wird seine Tochter entführt. Schaffen es die Kinder rechtzeitig, sie zu befreien, den Diebstahl aufzuklären und Freddy zu retten?

Gebunden, 13,5 x 20,5 cm, 192 Seiten
ISBN 978-3-417-28640-3

SCM
Kläxbox